Philomena Franz

Zwischen Liebe und Hass

•

Märchen

Das Buch

„Beugen wir uns vor der Liebe wie das Gras vor dem Wind." Philomena Franz schreibt nicht, um zu hassen, sondern um zu lieben. Brutal herausgerissen aus ihrem romantischen Leben wird das Zigeunermädchen Philomena aus dem Stamm der Sinti durch das Schreckenssystem des Nationalsozialismus. Eben noch fuhr sie vierspännig mit dem Zigeunerwagen über Land, spielte mit ihren Schulkameradinnen und fühlte sich in der großen Familie geborgen, da kamen der Haftbefehl und die Deportation nach Auschwitz. Wie durch ein Wunder entkam sie der Vernichtung. Jahrzehntelang schwieg sie, dachte über ihr Schicksal und das der Zigeuner nach und schrieb endlich dieses Buch, wie sie sagt: „auf Knien". Nicht um anzuklagen schreibt sie, sondern um Verständnis zu erbitten: für die Sinti, für alle Zigeuner, die bei uns und in der Welt unterwegs sind. Philomena Franz möchte eine Brücke bauen, damit niemals mehr Menschen wegen ihres Andersseins ihrer Freiheit beraubt, gedemütigt und getötet werden. „Sie schreibt, als trüge sie ein Gedicht vor. Und doch lassen sich die Erinnerungen nicht verdrängen" (Süddeutsche Zeitung).
Mit einem Nachwort von Reinhold Lehmann, Publizist, München, und einem Beitrag von Professor Wolfgang Benz, Direktor des Zentrums für Antisemitismusforschung an der TU Berlin.

Philomena Franz

Zwischen Liebe und Hass

Ein Zigeunerleben

Nachwort von Reinhold Lehmann
Mit einem Beitrag von Wolfgang Benz

Ich widme dieses Buch
den überlebenden Sinti
und den Toten im Holocaust
für die es keinen Frühling mehr gab
sowie allen wirklichen Menschen
die mir geholfen haben

Inhalt

Vorwort 9

Meine Kindheit 11

Mit der Familie unterwegs 11
Zigeunerwagen 15
Gottes Geschöpfe 19
Die Jahreszeiten 21
Das Leben lernen 25
Die Polizei und unsere Meerkatze 28
Zigeunerfeste 32
Die Musik, unsere Leidenschaft 36
Die ersten langen Schatten 38
Einschränkungen 43
Das ist doch ein Zigeuner 46
Die große Angst 47
Mein Onkel 49

Mein Holocaust 53

Ich werde abgeholt 53
Der Arzt kommt 58
Rampe Auschwitz 61
In Birkenau 65
Nach Ravensbrück 67

Auf der Flucht 69
Meine Schwester hängt am Galgen 72
Ein Engel 74
In Oranienburg 77
Ein sonderbarer Traum 78
Wieder in Auschwitz 81
Vor Gaskammer und Krematorium 84
„Ein Fresser weniger" 91
Flucht 92
Epilog 94

Weiterleben nach dem Nullpunkt 95

Der Krieg ist aus 95
Für Eisenhower und de Gaulle 96
Das Autohaus 97
Eine Polin und eine Waschküche 98
Es war nichts mehr da 99
Alpträume 100
Nur geweint 101
Es müsste mehr sein 102

Bericht eines Opfers
Nachwort von Reinhold Lehmann 103

Vom Vorurteil zum Massenmord...
Beitrag vom Wolfgang Benz 109

Märchen 126

Herbstliche Impressionen 144

Vorwort

Ich wünsche mir von ganzem Herzen, daß dieses kleine Buch dazu beiträgt, die Wiederholung von Geschehnissen zu verhindern, die man bei uns in Deutschland „Vergangenheit" nennt. Die Wahrheit ist schmerzlich, aber nur mit ihr können wir unser Glück aufbauen.

Ich kann nicht verhindern, daß durch das, was ich in einfachen Worten niedergeschrieben habe, alte Wunden aufgerissen werden. Vergessen kann ich auch nicht, aber all dies, was in diesem Buch steht, habe ich unter dem Gebot der christlichen Liebe geschrieben.

Die Liebe ist Vollkommenheit. Sie gibt uns Freude. Sie ist Weisheit und Wahrheit, denn sie kommt von Gottes Güte und Gerechtigkeit. Liebe fordert immer wieder zum Verzeihen heraus. Wenn wir die Liebe nicht haben, zerstört die Menschheit sich selbst, sind wir Menschen verloren. Wenn wir die Liebe nicht haben, geben wir die Gottheit in uns auf, die Unsterblichkeit und die Tugend.

Ich selber bin durch die Hölle der Unmenschlichkeit gegangen, durch die Schreckenslager des nationalsozialistischen Systems. Die meisten von uns haben nicht überlebt. Wir Überlebenden sind gezeichnet. Aber eines hat mich mein Leben gelehrt: Wenn wir hassen, verlieren wir. Wenn wir lieben, werden wir reich.

Wir alle haben ein Recht, auch heute noch über unser Leiden zu sprechen. Um uns selber wiederzufinden, um die Opfer zu ehren, um der heranwachsenden Generation zu sagen: So war es. So etwas soll nie wieder geschehen.

Ich habe dieses Buch als Zigeunerin geschrieben. Als Zigeunerin vom Stamm der Sinti. Und als Frau, die in diesem Stamm aufgewachsen ist. Ich möchte anderen ein Lebenszeichen geben. Wenn ich einiges über die Liebe niederschreiben darf, was für manche vielleicht schlicht klingt, dann deshalb, weil ich das System des Nationalsozialismus in krassem Gegensatz dazu erlebte.

Ich möchte nicht anklagen. Ich möchte erinnern. Aus eigenem Erleben. Und nach langem Ringen mit der Vergangenheit.

Dies ist der Holocaust und der Holocaust meines Volkes.

Wir Zigeuner sind nicht rachsüchtig. Doch auch wir haben ein Recht, daß unsere Leiden einen Platz in der Geschichte finden. Und wir haben die Hoffnung, daß Friede auf Erden wird. Niemand hat das Recht, Böses mit Bösem zu vergelten.

Meine Kindheit

Mit der Familie unterwegs

Wir fuhren als Theater- und Musikgruppe durchs Land, die Eltern – und wir acht Kinder. Neben unserem Zigeunerwagen hatten wir ein festes Haus, ein Zuhause, in das wir nach anstrengenden Fahrten und Auftritten zurückkehrten.

Die ganze Familie half mit, wenn auf- und abgebaut werden mußte. Und natürlich hatten wir alle unseren festen Platz, unsere einstudierten Rollen. Mein Großvater war noch mit lebensgroßen Marionetten durchs Land gezogen. Auch hier mußte die ganze Familie, die ganze Sippe mithelfen.

Wir spielten Dramen, auch Operetten, heitere Stücke, aber natürlich auch den „Zigeunerbaron", und „Carmen". Das waren Stücke, zu denen wir Zigeuner paßten, von denen die Zuschauer glaubten, sie seien ein Teil unseres Zigeunerlebens.

Mein Großvater und mein Onkel, der Bruder meiner Mutter, hatten die Leitung. Auch meine Mutter hatte schon als kleines Mädchen Rollen übernommen. 1937, vier Jahre nach der Machtergreifung Hitlers, starb mein Großvater. Von da ab reisten wir nicht mehr ständig, kehrten auch nicht mehr in unser altes Haus zurück, weil die Erinnerungen zu stark wurden. Der Tod meines Großvaters warf den ersten großen Schatten auf mein Leben. Denn der Tod eines nahen Verwandten ist für uns Zigeuner ein Zeichen unserer eigenen Vergänglichkeit.

Aber ich möchte erzählen, wie ich aufwuchs und was mein Leben heute noch trotz aller schrecklichen Erinnerungen prägt.

In einem Dorf bei Meßkirch ging ich erstmals zur Schule. Ich kann mich noch sehr gut an diesen Tag erinnern. Meine Mutter zog mir ein Dirndl an, flocht mir eine schöne rote Schleife in meine langen schwarzen Zöpfe. Ein Butterbrot und einen Apfel packte sie mir in den Schulranzen. Und in einem kleinen Einspänner-Pferdewagen kutschierte mich mein Vater zur Schule, hob mich vom Wagen und stellte mich der Lehrerin vor. Ich fühlte gleich, daß wir uns verstehen. Dann betrat ich die Klasse. Es geschah eigentlich nichts weiter.

Der erste Schultag war recht lustig. Die Klasse fragte mich nach unserer Musik, nach den Auftritten unserer Wanderbühne.

Mit sieben Jahren tanzte ich schon Csardas, mit roten Stiefelchen, einem ungarischen Kostüm. Mein Haar war zu einer Krone geflochten, mit weißen Blüten darin. So eben, wie man sich eine kleine Zigeunerin vorstellte. Wenn ich tanzte, klatschten die Leute in die Hände. Ich war mächtig stolz darauf. Ich erinnere mich noch genau an diese Zeit. Mit Vorliebe übernachteten wir in einsamen Gegenden, stiegen in der Dämmerung durch den

12

Wald auf den Hügel und blickten auf die kleinen Dörfer im Tal. Ruhig grasten unsere Pferde in der Abenddämmerung vor der Kulisse des Waldes.

Unsere Familie saß derweil am Lagerfeuer. Es knisterte. Die Wärme lockte uns bald zurück. Wir brieten Speck, legten Kartoffeln hinein. Zum Nachtisch gab es gebratene Äpfel. Dazu tranken wir saure Milch, die meine Großmutter in irdenen Töpfen ansetzte. Oben schwamm dicke Sahne.

Mein Onkel improvisierte eine Melodie auf der Gitarre. Der Abend klang aus, die Nachtigall lockte.

Das erste Lied der Nachtigall in der Dämmerung ist leise, wechselt, variiert, lernt gleichsam aus sich selbst und steigert sich nach und nach. Dann erfüllt der Gesang das ganze Land. Wir lauschten nur. Und die älteren Leute erzählten dann von früher.

Wir Sinti haben schon immer den inneren Frieden gefunden, weil wir in solchen Augenblicken spüren, wie schön und wie vergänglich das Leben ist. Aus dieser Einstellung schöpfen wir die Lebensweisheit, daß jeder Tag schön ist, jeder kommende Tag mit ein bißchen gutem Willen schöner werden kann ...

In meinem Ohr habe ich noch das Läuten der Dorfkirche. Es ist Mai. Der Himmel sieht aus, als ob er aus Kristall wäre. Die Wiesen leuchten in ihrer Blütenpracht. Meine Geschwister, mein Vater und meine Mutter sind zur Maiprozession ins Dorf gegangen. Doddo, mein Hund und ich sind allein zurückgeblieben. Er springt in den Wiesen umher, und ich sitze unter einer Linde, die voller Vögel

13

und Bienen ist. In der Stille, zwischen zwei bis drei Glockenschlägen, wird die milde Hitze des Maimorgens spürbar: die Bienen, die Schmetterlinge. Ein schweigender und ein glühender Tag. Ich singe mit. Und aus dem großen Lindenbaum braust mir der Beifall der Vögel entgegen, der mit dem hohen C endet. Ach ja, das war eine schöne Zeit. Wir leben mitten in der Natur. Wir sind ein Stück von ihr.

Die Maiandachten, das war für uns das Schönste. Die Madonnen in den kleinen Dörfern, in den winzigen und idyllischen Kapellen, tief unten im Tal, am Waldesrand oder in einer Lichtung. Frühmorgens hielten wir schon Maiandacht. Die ganze Familie ging hin. Das waren Feste wie Heiligabend für uns. Die Kirche und die Muttergottes, das war unser einziger Zufluchtsort, das schirmte uns ab von allem Leid, tagtäglich. Wir flüchteten uns in die Kirche. Wir sagten, lieber Gott, du bist da, du bist der einzige, der uns versteht, du bist da, weil wir unser Leid klagen können, in der Kirche, wo wir mit dir sprechen können, da verstehst du uns.

14

Zigeunerwagen

Ich kann mich noch gut an unseren Zigeunerwagen erinnern. Das war nicht ein Leiterwagen mit einer Plane. Schon eher ein Wohnwagen. Ein herrlicher schöner Wohnwagen, von innen und außen mit Holzschindeln belegt. Mit geätzten Scheiben, auf denen Schlösser und Burgen dargestellt waren. Acht Meter lang und 2,50 Meter breit. Damals hatte er schon 2000 Mark gekostet. Soviel Geld mußte man für ein Haus bezahlen. Es ging natürlich nicht allen Sinti so gut wie uns. Die meisten von ihnen zogen mit dem Planwagen durchs Land und hatten nur ein paar Töpfe und die Zelte, in denen sie schliefen.

Unser Wohnwagen war eine Pracht. Mit gewölbten Schränken, die vom Boden bis zur Decke reichten. Alles aus Mahagoni, mit bleigefaßten Spiegeln. Betten und Schränke waren mit schönen Einlegearbeiten verziert. Der Wagen war mit Linoleum ausgelegt: gelbe Rosen, auf blauem Untergrund. In der Mitte des Wagens das Wohnzimmer mit einem blauen Plüschsofa mit gelben Blumen. Hinter der Schiebetür die Küche. Im Schrank das schönste Porzellan und Geschirr. Der Herd, verchromt. Das Ofenrohr, blau emailliert und wieder mit gelben Blumen bemalt. Die kupfernen Töpfe an den Wänden.

Schon von außen war unser Wagen etwas besonderes. Links und rechts waren große Laternen angebracht, mit Silber beschlagen. Oben auf der Laterne, je ein großer silberner Adler auf einer

15

kleinen Kugel. Die Laternen etwa einen Meter hoch. Sie wurden mit Petroleum gespeist.

Vier Pferde zogen unseren Wagen, mit herrlichem Geschirr, das silbern glänzte. Und erst die Pferde, die waren unser ganzer Stolz, gestriegelt und geputzt.

An einem Abend, ich weiß nicht mehr, wo es war, fuhren wir bei anbrechender Dunkelheit in ein Dorf. Die Laternen an unserem Wagen brannten schon. Die Leute drehten die Köpfe, zeigten voll Begeisterung auf unseren Wagen. Solche Zigeuner hatten sie noch nie gesehen. Und so viele Pferde. Denn hinter unserem Wohnwagen fuhr noch eine Kutsche mit einem weiteren Gespann. Wir nahmen immer sechs bis sieben Pferde auf unsere Reisen mit, wechselten sie aus, wenn sie müde wurden. Denn wir Sinti sind voll Liebe zu den Tieren. Wir sind mit der ganzen Tierwelt eng verbunden. Wir können mit den Tieren sprechen, mit Hunden, mit Pferden und mit Vögeln. Wir glauben, daß sie uns verstehen.

Wir waren alle eine große Familie. Sicherlich, es gab Unterschiede unter den Sinti, aber sie wurden nicht herausgestellt. Die Pferdehändler und die Juden und die Zigeuner, das waren gute Geschäftspartner. Dann kamen die Bauern und die Viehhändler, und man tauschte und kaufte auf den Jahrmärkten, auf denen ein buntes Treiben herrschte. Wir waren Musiker, gepflegte Leute. Wir konnten nicht in Lumpen und Fetzen auftreten. Es gab auch Wohnwagen, mit Löchern in den Planen. Aber immer wenn wir uns mit anderen Zigeunern

16

trafen, grüßten wir uns, sprachen miteinander, erkundigten uns, wie es jedem einzelnen geht. Mein Großvater, den viele Zigeuner verehrten, kannte keine Unterschiede. Er war zu allen freundlich, und er wurde von allen verehrt. Wir hätten uns zu Tode geschämt, wenn wir an armen Zigeunern, die nur ihr Zelt hatten und ihr offenes Feuer auf dem Feld entzündeten, vorbeigefahren wären. Wir erkennen uns ja. Das ist genau so, wenn ich heute durch New York oder Paris gehe und ich einen Zigeuner sehe. Wir sehen uns in die Augen, wissen genau, das ist einer. Und dann nicken wir uns schon zu. Da gehen wir nicht vorbei, da drehen wir uns um, kommen ins Gespräch miteinander.

Ich glaube, diese Flucht aus Indien, wir Zigeuner stammen ja aus Indien, hat die Menschen doch zusammengekettet. Dieses Verlorensein in der Welt, wo andere Menschen einen nicht annehmen, wo man immer wieder weggestoßen wird. Das läßt uns eben zusammenhalten, das hat uns Zigeuner zusammengekettet. Wir denken anders. Wir fühlen anders. Aber wenn wir uns sehen, dann ist das wie ein Laserstrahl. Die Gastfreundschaft gilt bei uns sehr viel. Und wenn irgend jemand etwas auf dem Herzen hat, dann wird er gleich gefragt, wie kann ich dir helfen. Auch wenn er arm ist, auch wenn er wenig hat, er gibt etwas davon ab. Früher war diese Hilfsbereitschaft stärker als heute. Die sogenannte Integration der Sinti, ihre Einordnung in das normale bürgerliche Leben, verwischt diese Werte. Früher hatten es die Zigeuner besser, sie fühlten sich freier, sie waren glücklich draußen in der Na-

17

tur. Denn das ist uns angeboren. Und für uns ist es manchmal ein Martyrium, in diesen engen Wohnungen zu leben, vor allem im Sommer.

In der ersten Zeit waren wir auch im Winter draußen. Ich weiß noch, wie sich am Heiligabend eine ganze Reihe von Wagen versammelten. Die Pferde sollten nicht unter der Kälte leiden. Sie waren im Stall eines Gastwirts untergekommen. Dort hatten sie ihr Futter. Und auch in unseren Planwagen war es nicht kalt. Die Wagen waren alle mit kleinen Kanonenöfchen ausgestattet. Ab und zu ging mal ein Funke hoch und die Plane brannte ein bißchen. Aber meist wurde dann draußen ein riesengroßes Feuer angezündet. Da wurden Kartoffeln gebraten. Die Jugend saß um dieses Feuer herum und wartete darauf, daß die Glut niederbrannte. Und der eine sang, der andere begleitete auf einem Instrument. Man saß da. Andere hingen ihren Gedanken nach. Wir fühlten uns um das Feuer herum miteinander geborgen.

Ich kann mich noch erinnern, wie die Zigeuner auf die Feuerstelle Stroh legten, nachdem die Asche entfernt worden war. Es wurde bündelweise vom Bauern geholt. Auf der Feuerstelle entstand eine Lagerstätte. Decken und Laken wurden darauf gelegt – und es war so warm wie in einer Badewanne. Eine Plane wurde noch an vier Stöcken festgemacht – und da war schon das kleine Zelt fertig. Frühmorgens ging es raus. Die Männer machten sich den Oberkörper frei, wuschen sich mit Schnee.

18

Gottes Geschöpfe

Wir liebten die Natur. Wir wurden auch angehalten, mit ihr sorgsam umzugehen. Wir lernten, daß alles vom Schöpfer kommt. Einmal ging ich mit meiner Schwester durch den Wald, singend, tanzend, begleitet von hellem Sommerwind, zwischen zarten kleinen, weißen Blumen. Plötzlich wurden wir auf einen prächtigen, farbigen Hirschkäfer aufmerksam, der über den feuchten Wiesengrund kroch. Heiter und einfältig hielt meine Schwester den Hirschkäfer mit dem Stock fest. In diesem Augenblick kam mein Großvater und drohte uns: „Was macht ihr, wollt ihr wohl den Käfer in Frieden lassen! Versetze dich einmal in die Lage des Käfers, leg dich auf den Bauch, bohre dir den Stock in den Rücken. Wie findest du das? Das tut weh. Tiere darf man nie quälen, denn sie sind Gottes Geschöpfe."

Das Gesicht meines Großvaters wurde ernst, aber gleichzeitig waren seine großen Augen so wütend, als hätte ihnen die Sonne Glanz verliehen. „Du allein", sprach er zu meiner Schwester, „du übst deine Hand, du übst deinen Blick, nun üb' auch deinen Verstand."

„Schau", und er zeigte mit der Hand über die grünen Wiesen, „das alles ist Natur. Sie zeigt dir den Geist der Geister, lehrt dich jedes Geheimnis verstehen."

Mit einem Lächeln auf den Lippen ließ er sich ins hohe Gras sinken und sagte:

„Hier hat uns ein Königsthron den Rasen schon

bereitet, und diese herrliche Welt hat Gott für alle Völker der Erde geschaffen, und wir müssen sie sorgsam bewahren."

Meine Schwester und ich weinten.

Großvater umarmte uns und sagte lachend: „Habt ihr zwei mich verstanden?"

Dann schlenderten wir drei über die große Wiese, durchquerten einen Bach, blieben unter einem Apfelbaum stehen, bewunderten die Blütenpracht. Mein Großvater stellte die Verbindung her zwischen dem blühenden Baum und der stillen Quelle, zu Gott und zur Wärme seiner Liebe zu den Geschöpfen. Diese Worte meines Großvaters haben mich bis heute nicht losgelassen.

Die Jahreszeiten

Wir Zigeunerkinder waren ganz geprägt von den Jahreszeiten. Wir lebten in den Wäldern, liefen durch die Felder, durch die Wiesen. Ganz farbenprächtig und bunt steht der Herbst vor meinen Augen. Mit wunderbaren Apfelbäumen, mit riesengroßen Äpfeln, roten Äpfeln, die es heute eigentlich gar nicht mehr gibt. Ich meine manchmal, früher, da war die Natur ganz anders. Ursprünglicher, eindringlicher. Leuchtender. Nie hätten wir Blumen abgerissen oder aus Unüberlegtheit oder aus Übermut Äpfel vom Baum geschlagen, einfach angebissen und dann weggeworfen. Das gab es bei uns nicht. Wir wurden so in Ehrfurcht vor der Schöpfung erzogen. Vielleicht mehr noch, das lag schon in unserem Instinkt, es war uns angeboren.

Wir haben das so alles bewundert, diese herrliche Schöpfung. Wie oft sind wir unter Bäumen gegangen und haben die riesengroßen Äpfel in die Hände genommen. Nicht abgerissen, sondern sie gewogen und gesagt: „Schau mal, der wiegt bestimmt ein halbes Pfund. Und wie schön, schau mal, wie herrlich der ist." Und dann haben wir den Apfel am Baum geputzt, ganz blank. Und ein roter Apfel, der glänzt ja, der schimmert und glitzert. Und dann schauten wir uns an und sagten: „Das ist wie ein Spiegel. Ich kann mich darin sehen." Wir waren begeistert. Was unter den Bäumen an Obst lag, das sammelten wir. Wir backten Kuchen, legten einen Vorrat an. Aber aus Mutwillen haben wir nie etwas an uns genommen. Wenn wir Mädchen und Jungen uns ins hohe Gras fallen ließen, schauten wir jede Blume an. In den Farben spiegelte sich für uns etwas Göttliches, etwas Wundervolles. Meine Mutter sagte immer wieder: Reißt nichts ab. Wir brauchen das nicht. Wir haben genug Natur. Wir können das sehen, was blüht.

Die Jahreszeiten, das war für uns ganz herrlich. Wenn die braunen Blätter im Wind tanzten, dann wußten wir, es wird Herbst – und es wird am Abend kalt werden. Oft fuhren wir erst einige Tage vor Weihnachten nach Hause. Wir kosteten das Leben in der freien Natur aus, solange es irgendwie ging.

Die paar Monate konnten wir schon in unserem Haus verkraften. Dann wurde es aber uns schon langweilig. Wenn es etwas wärmer wurde, wurden wir unruhig. Es zog uns hinaus. Und im Februar spannten wir dann die Pferde an und fuhren los. Wir waren draußen. Die Natur war noch nicht aufgewacht. Anfang März kamen die kleinen Sprossen, die Blätter. Das war für uns wie eine Auferstehung, wie ein neues Leben. Dann sind wir Kinder hinausgerannt und schrien: „Mama, komm mal her, schau mal, da kommt schon ein ganz kleines Blatt heraus, guck mal da, ist das nicht schön?" Und am anderen Tag sah man schon, wie es sich weiter entwickelt hat, wie ein Blatt zum Leben erweckt wurde, wie es wuchs. Und diese Erlebnisse begleiten mich heute noch. Sie haben mir die Kraft gegeben, auch die Lager zu überstehen. Ich habe irgendwie von all diesen Erlebnissen meiner Kindheit gezehrt. Wenn ich im Lager war, setzte ich mich in eine Ecke, schloß

22

die Augen oder sah in die Sonne. Ich habe mich anstrahlen lassen. Ich habe mich erinnert. Und ich konnte überleben durch das, was ich mit meinen eigenen Augen gesehen hatte. Daraus schöpfte ich meine Kraft. Ich war dann so zufrieden. Und ich dachte mir, wenn ich sterbe, nehme ich diesen schönen Gedanken und diese schönen Erlebnisse noch mit.

Im Mai sahen wir dann die Apfelblüten. Wir stellten uns vor, wie aus der Blüte sich ein kleiner Apfel und schließlich eine Frucht entwickelt. Wir meinten, daß wir dem Herrgott viel näher stehen, weil wir seine Schöpfung verstanden und alles, was sich darin entwickelte. Das ist doch etwas Herrliches, eine wunderbare Schöpfung. Und heute versuchen die Menschen, alles zugrunde zu richten. Weil sie die Natur nicht mehr verstehen. Mein Großvater hat immer wieder gesagt, der Verstand ist das Wichtigste. Die Menschen gebrauchen den Verstand nicht, obwohl sie so viele Dinge erfinden. Sie sind immer mit anderen Dingen beschäftigt und sehen die einfachen Dinge nicht, die doch so wichtig sind.

Das sind die Dinge, die mich heute noch bewegen, wenn ich so durch den Wald gehe. Ich suche mir dort einen wunderschönen Baum aus, gehe vielleicht jeden Tag dahin. Dann erlebe ich, wie der Baum wächst, wie die Blüte sich entwickelt, wie die kleinen Früchte aussehen. Und manchmal gehe ich noch zu einem Obstbaum im Herbst, wiege die Äpfel in der Hand und sage: Gott hat uns das alles geschenkt, damit wir Menschen uns ernähren. Und es ist noch soviel da im Überfluß – und trotzdem verhungern heute Menschen in der Welt.

Ein Höhepunkt nach diesem Frühjahr, nach diesen brennenden Sommern und diesen bunten und farbenfrohen Herbsten war für uns das Erntedankfest. Wir wußten, jetzt wird es kalt, die Bäume tragen keine Früchte mehr, aber wir haben Anlaß, dem Herrgott zu danken.

Das Leben lernen

Selbst in der tiefsten Nacht, in der größten Finsternis, selbst in der menschlichen Dunkelheit der Massenvernichtungslager habe ich mich an die Worte meines Großvaters und an die Erlebnisse in der Natur erinnert. Ich spürte den Wind, roch die Apfelblüte, hörte die Vögel und sah im Traum meinen Großvater. Er sagte zu mir: „Siehst du die stille Quelle dort, den blühenden Apfelbaum, hier und überall in der Natur begegnet euch Gott in der Wärme seiner großen Liebe."

Ich glaube, ich hätte nicht überlebt, wenn mir mein Großvater an diesem Tag und durch sein Beispiel nicht Unterricht im Leben erteilt hätte. Ich lernte, daß alles in Gott seinen Platz hat, alles seine Aufgabe, auch wenn es der kleinste Käfer ist, auch wenn es eine Ameise am Wegesrand ist.

Wir beobachteten sie, nahmen alles auf, wie die Ameisen arbeiteten, wie sie liefen, was sie schafften, wie sie alles planten – und wir sagten: „Schau mal, was die alles können. Ich wüßte mal gerne, wie ihr Gehirn arbeitet."

Das hätten wir gerne gewußt. Darüber machten wir uns unsere Gedanken. Wir wußten um die Bedeutung jeder Pflanze, auch wenn wir nicht täglich in die Schule gingen.

Die Lehrer wunderten sich dann immer, wenn wir in Biologie und Geographie so gut Bescheid wußten. Wir wußten und behielten alles, weil wir es erlebt hatten. Zusammen mit unserem Großvater, mit unseren Eltern und Verwandten. Und wir

25

achteten sie. Was sie sagten, war für uns Wahrheit, Evangelium. Es gab keinen Widerspruch, weil wir selber spürten: Jedes Wort ist wahr. Daher waren wir auch nicht aggressiv. Deshalb liebten wir die Menschen. Deshalb waren wir Kinder angenommen. Kinder sind für die Zigeuner das höchste Gut. Sie sind alles für sie. Und manche Familien hatten bis zu 18 Kinder.

Auch die Schule fiel uns nicht schwer. Ich kam mir vielleicht manchmal vor wie ein Affe in einem Käfig, der einfach so dasitzt. Und die Kinder kommen in den Zoo, begaffen ihn, wie er wohl reagieren wird. Aber das dauerte nicht lange. Wir fanden schnell Kontakt zueinander. Meine Schwester und ich lehrten die Mädchen unsere Spiele, und wir lernten ihre. Oft blieben wir fünf bis sechs Wochen an einem Ort und besuchten dort die Schule. Wir lernten sehr schnell und waren ehrgeizig. Wir kannten das Leben, hatten schon vieles mitgemacht.

Wir hatten ja den anderen Kindern soviel voraus. Wir wußten elementar mehr vom Geheimnis der Geburt und vom Geheimnis des Sterbens. Gleichzeitig waren wir tief davon überzeugt, daß es ein Weiterleben nach dem Tode gibt. Schon diese Gewißheit, daß die Menschen nicht verloren sind, daß sie nicht für ewig tot sind, das gab uns ein großes Vertrauen. Wir erlebten ja jedes Jahr in der Natur die Auferstehung. Und wir dachten, wenn wir sterben, dann stehen wir ja auch wieder auf. Es gibt ja die Auferstehung und das ewige Leben. Auch lebten wir ganz anders mit unseren Toten. Wir wuß-

26

ten, sie sind immer noch gegenwärtig, weil sie nicht für ewig gestorben sind. Davon wußten wir Kinder schon. Denn wir lernten aus den Beispielen der Erwachsenen. So sehe ich es heute als Vorsehung an, heute nach mehr als 40 Jahren, daß ich noch lebe. Gott hat mir einen Schutzengel geschickt.

Die Polizei und unsere Meerkatze

Sosehr wir unter uns Sinti geborgen waren, sosehr wir die Familie als Schutz erlebten, desto mehr hatten wir manchmal Angst vor der uns fremden Umgebung. Vielleicht kann die kleine Geschichte dies besser zeigen als viele Beispiele. Es war irgendwo in der Nähe von Göppingen in Nord-Württemberg. Ich kann mich noch sehr gut erinnern. Wir hatten eine kleine Meerkatze, ein Äffchen, wie es zu der damaligen Zeit viele Zigeuner und Schausteller hatten. Diese Tiere haben ein sehr feines Empfinden. Mein Großvater machte mich einmal darauf aufmerksam, wie unsere Meerkatze auf die Polizei reagierte. Wir standen mit unserem Wagen da. Unsere Pferde waren an einen Baum festgebunden. Sie wurden gefüttert. Sie wurden getränkt. Wir Kinder saßen draußen, jeder mit einem Stück Speck in der Hand. Die Polizei kam auf Pferden. In manchen Gegenden Deutschlands galt auch damals schon das Verbot des sogenannten Reisens und Hortens. Wir Zigeuner sollten uns nicht zusammentun. Bei uns war noch ein Ehepaar, der Mann ein sehr guter Bratschist, den mein Großvater für die Gruppe gewonnen hatte. Es wurde alles kontrolliert. Der Zigeuner wurde mitgenommen, bekam acht Tage Gefängnis, nur weil er bei uns war. Und mein Großvater mußte eine Geldstrafe bezahlen. Und während der ganzen Zeit saß unsere Meerkatze hinter dem Rad, schaute nur hin und wieder durch die Speichen der Holzräder hindurch, wendete das kleine Köpfchen und schimpfte, versteckte sich

28

aber gleich wieder, weil sie Angst hatte. Und als die Polizei weggeritten war, kam sie wieder hervor, stand neben meinem Großvater, ergriff seine Hand, sah ihn an, schimpfte. Und ich höre es noch wie heute, mein Großvater sagte: „Gell, du hast auch Angst." Und da nahm er sie in die Arme, hat mit ihr geschmust und gesprochen. Wir haben gelacht, aber mein Großvater hat erkannt, was in dem kleinen Tierchen vor sich ging. Sogar Tiere haben schon ein Empfinden dafür gehabt, daß es zwischen den Menschen nicht stimmte. Wo es uns eigentlich am besten ging, das war in der preußischen Provinz Hohenzollern (Sigmaringen/Hechingen), da genossen wir sehr viel Freiheit. Da gab es auch keine Vorschriften für Reisen und Horten. Außerdem, mein Großvater und seine Gruppe spielten für die Aristokraten – und wir waren bekannt. Wir waren eben besondere Leute. Anderen ging es sicherlich schlechter.

Aber man erwartete von uns Zigeunerkindern auch immer ein besonderes Benehmen. Meine Mutter sagte oft: „Ich brauche euch ja nicht zu erzählen, wie ihr euch benehmen müßt."

„Ja, Mama", sagten wir, „wir wissen es." Und dann rasten wir mit unseren Schulranzen los. Die Menschen wußten schon, jetzt kommen die Zigeunerkinder. In das Schulbuch wurde unser Besuch eingetragen. Das ging immer so weiter, bis wir im Herbst wieder zu Hause in unserer Schule waren.

Im Winter hatten wir immer unsere festen Auftritte, aber im Sommer zog es uns wieder hinaus. In Württemberg lebten damals viele Adelige. Der

Name Haag, mein Großvater und mein Vater und seine Gruppe, waren bekannt bei Rundfunk und Theater. Schließlich waren sie gute Musiker. Sie hatten unter König Wilhelm von Württemberg den Musikerwettstreit gewonnen unter 32 Kapellen, auch solchen, die international sehr bekannt waren. Meinem Großvater überreichte König Wilhelm persönlich die Goldene Rose. Das muß im Jahr 1906 gewesen sein, als meine Mutter eben 17 Jahre alt geworden war. Unsere Familie war besonders gerne in Württemberg gesehen, in Heilbronn, in Stuttgart, in Ulm und vor allem auch in Hechingen. Das war für uns Kinder eine wunderschöne und unbeschwerte Zeit.

Meine Eltern verdienten viel Geld, aber sie verwöhnten uns nie. Damals gab es Puppen schon mit echten Haaren und Zöpfen. Wir hätten sie uns kaufen können, aber meine Mutter strickte oder häkelte lieber, nahm eine Nuß, flocht sie ein, band die Fäden oben und unten zu, schnitt sie oben auf. Dann sah es aus wie ein kleines Geschöpf mit einem Wuschelkopf. Die Wolle ging auseinander – und es entstand ein Kleid. Rote Augen, die Nase, das Mündchen. Das war dann unsere Puppe. Sie sah aus wie eine kleine Prinzessin. Wenn die Nüsse von den Bäumen fielen, schnitzte mein Vater kunstvolle Körbe oder Pfeifen aus Holz. Das waren unsere Talismane. Die Puppen waren unverwüstlich. Man konnte sie mit ins Wasser nehmen.

Noch heute sehe ich, wie meine Mutter über die Wiesen geht. Wir liebten sie so unendlich. Ich sehe sie, wie sie auf dem Wagen sitzt, ein Pferd davor gespannt und zum Einkaufen wegfährt. Sie trägt lange Röcke, eine Satinschürze, eine schöne Bluse mit einem Stehkrägelchen. Dazu Korallenschmuck. Und wie verehrte ich meinen Vater. Er ging mit der Mode. Schöner Hut, gepflegter Bart. Wir waren schließlich eine Künstlerfamilie, legten großen Wert auf die äußere Erscheinung. Mein Onkel sah aus wie ein Zigeunerbaron, ein schwarzes Samtjacket, die Revers mit Seidenpaspeln verziert, eine Pepitahose, schwarze Schuhe und dazu ein rabenschwarzer Hut. Wir alle konnten lesen und schreiben. Denn wie hätten wir anders unsere Theaterrollen einstudieren können?

Zigeunerfeste

Zu meiner Jugend gehört auch die Erinnerung an Feiern, an Feste. Wir feiern ja unsere Feste wirklich wie sie fallen, immer wenn sich ein Anlaß ergibt. Musik und Fröhlichkeit, gutes Essen und Trinken, darauf legen wir sehr viel Wert. Denn wir wissen, wenn wir sterben, nehmen wir ja nichts mit. So ist eine Hochzeit im Leben eines Sinti-Stammes natürlich ein besonderes Ereignis. Aber das Ganze ist viel weniger romantisch, als es in Romanen oft dargestellt wird.

Wenn ein Zigeuner ein Mädchen sympathisch findet, dann sagt er nicht, das ist meine Freundin. Und läßt sie nach vier Wochen wieder gehen. Das gibt es bei uns nicht. In der ersten Zeit ist das alles bei uns ganz verschwiegen und heimlich. Es lernen sich zwei kennen und gehen dann zusammen. Die Jugend weiß Bescheid, die Älteren wissen nichts davon.

Wenn die Sache dann untereinander ausgemacht ist, dann geht der Bräutigam zum Vater der Braut und bittet um ihre Hand. Die Braut begibt sich zu den Eltern ihres zukünftigen Mannes. Wenn sie nicht zustimmen, dann verschwindet das Paar für ein paar Wochen. Wenn es dann zurückkommt, sind sie beide Mann und Frau. Das gibt noch ein bißchen Wirbel mit den Eltern oder mit Verwandten, aber letztlich ist das alles nicht zu ändern. Na ja, heißt es, jetzt hat die schon einen Mann gehabt, und dann ist es schwierig, noch einen anderen zu bekommen ...

32

An sich legen wir auf den Trauschein keinen Wert. Denn wir Zigeuner sagen, ein Trauschein, das ist ja nur Zwang. Und wenn es wirklich Liebe ist und zwei Menschen sich verstehen, dann spielt so ein Papier gar keine Rolle. Wenn es dann also soweit ist, dann werden Mann und Frau von der Sippe zusammengesprochen. In Ordnung, sagen die Leute, führt euch anständig auf. Und zum Ehemann: Laß dir ja nichts zu Schulden kommen! Und der Vater sagt: Gib auf meine Tochter acht. Es wird dann ein bißchen getrunken, ein bißchen gefeiert und vor allem auch Musik gemacht. Wir tanzen ja so gern, wir singen, wir spielen. Jeder holt mal die Geige oder die Gitarre. Am schönsten ist es natürlich im Freien.

Von dieser ganzen Atmosphäre ist sehr viel verlorengegangen. Früher, ja da reisten wir noch mit dem Pferd und dem Wohnwagen, trafen uns unterwegs, auf dem Markt, vor allem auf dem Pferdemarkt und auf den verschiedenen Jahrmärkten, mit den Bauern und Viehhändlern. Unsere Männer saßen dann schon in der Wirtschaft. Die Frauen kochten das Essen, stellten es dort auf den Tisch. Dann kamen die Pferdehändler und alle – und die hielten mit. Und nachher haben wir musiziert, und es wurde getanzt. Auch die Kinder. Das ging so zwei, drei Tage lang.

Nachher waren alle total ermüdet. Viele hatten einen richtigen Kater. Ich kann mich noch gut erinnern, wie wir dann alle zum Bach gingen. Das Wasser war klar wie Kristall, wenn auch eisig kalt. Wir Kinder waren genauso übernächtigt, denn wir waren bei den ganzen Feiern nur immer ganz kurz eingenickt und hatten eigentlich keinen Schlaf bekommen. So ging die ganze Sippe ins Wasser, zusammen mit unseren Hunden. Sogar unsere Meerkatze kam mit.

Auch an Pfingsten feierten wir herrliche Feste. Immer drei Tage. Immer wieder kamen neue Sinti. Die sahen, daß wir feierten und kamen dazu. Sie brauchten nicht eingeladen zu werden. Sie waren alle eingeladen, kannten alle meinen Großvater.

Nach einem solchen Fest ging ich einmal mit meinem Großvater und unserer Meerkatze durch die Felder spazieren. Wir kamen dann in einen Wald zu einer Stelle, wo wir wußten, daß die Walderdbeeren reif waren. Mein Großvater konnte immer wieder stehenbleiben, auf irgend etwas schauen, was andere gar nicht sahen, was anderen verborgen war. Und das waren die Augenblicke, in denen ihm seine Lieder einfielen. An eines dieser Lieder erinnere ich mich ganz genau. Es handelt von einer besonders schönen und großen Erdbeere, die wir tatsächlich auf dieser Waldlichtung fanden. Allein ihr Anblick inspirierte ihn.

Alles war schon im Kopf meines Großvaters komponiert. Und da blieb es auch. Zu dem Lied schuf er sich dann die Melodie, nahm zu Hause die Gitarre von der Wand, zupfte – und da war es schon geboren. Und dann sagte er: Hexe – das war sein Kosename für mich – Hexe, komm her. Und ich sang.

Wenn ich sang, schaute er mich immer an und lächelte. Er sagte: Aus dir wird einmal eine Sänge-

34

rin. Du schreist zwar noch ein bißchen, aber aus dir wird schon was werden.

Fast alles, was mein Großvater erdachte und komponierte, ist verschwunden, das Wenige, das aufgeschrieben wurde, ist im Krieg vernichtet worden.

Unsere Seele fanden wir in der Musik wieder. Daher auch diese schwermütigen Weisen, die wir so liebten. Alles, unser ganzes Wesen drückten wir in den Tönen und Melodien aus. Mir gab der Herrgott eine schöne, glockenklare Stimme, die sich mit 14 Jahren eigentlich erst so richtig ausprägte. Aber schon in der Schule mußte ich immer vorsingen. Und die Lehrer sagten, ach die Zigeuner, die sind ja so musikalisch. Die wissen, wie man vorsingt. Sing du mal vor, sing denen mal das vor, damit die wissen, wie es geht. Ich kannte ja die ganzen Lieder noch, die wir früher immer gesungen hatten, wenn wir wanderten, wenn wir reisten. Ja, ich war mächtig stolz auf meine Auftritte und auf meine Stimme, denn immer wenn etwas Besonderes war, dann holten sie mich, dann wurde ich eingesetzt, dann mußte ich vorsingen.

Als kleines Mädchen mußte ich sogar in Paris auftreten. Mein Vater war auf Tournee, eine Sängerin war ausgefallen, und er rief zu Hause an: Philomena soll kommen. Meine Mutter fürchtete sich vor der langen Reise, sie hatte immer Angst, es könne mir etwas geschehen. Aber dann ging sie zum Lehrer, bat um Urlaub, und ich fuhr zusammen mit meiner Cousine mit dem Zug nach Paris. Die Vorstellungen waren immer voll besetzt. Ich freute mich, meinen Vater und die Mitglieder der Musikkapelle wiederzusehen. Ich sang diese schwermütigen ungarischen Lieder, diese Lieder von der Pußta, diese uralten ungarischen Lieder

36

von Wandervölkern. Die habe ich dann gesungen, und da machte ich schon Einlagen und Improvisationen. Ich tanzte den Csardas, und hinterher flog das Geld auf die Bühne, in Taschentücher eingewikkelt. Das wirbelte durch das ganze Lokal auf die Bühne. Ich war so in meinem Element, daß ich das gar nicht merkte. Da sah ich, daß das ganze Geld in kleinen Taschentüchern vor mir auf der Bühne lag. Aber ich durfte nicht lange bleiben. Mein Vater setzte uns auf die Bahn und sagte zum Lokomotivführer: „Ich bitte Sie, passen Sie auf meine Tochter auf", er beschwor ihn, und er sagte: „Machen Sie sich keine Sorgen." Mit meiner Cousine bin ich wieder nach Hause gefahren. Nichts ist uns passiert.

Die ganze Kindheit über bin ich gereist. Von Politik erfuhr ich nicht viel. Auch als ich älter wurde, verstand ich wenig davon. Aber dann doch immerhin soviel, daß Adolf Hitler nach der Machtergreifung im Jahr 1933 immer stärker wurde. Mein Großvater hatte inzwischen das Haus, das wir Kinder so liebten, verkauft. Einige Zeit später kaufte mein Vater auf der Schwäbischen Alb, ganz auf der Höhe am Waldesrand, ein anderes Haus. Es lag wunderbar. Man konnte auf die Wiesen herunter sehen. Ganz unten im Tal lag ein großer See, der von Wildschwänen und Wildenten bevölkert war. Ein lebendiger See. Was für ein Leben zu jener Zeit. Den Berg zwischen dem See und unserem Haus nannten wir Kinder den Rosenberg. Auch an unserem weißgetünchten Haus rankten lauter wilde Rosen. Und in dem großen Garten wuchsen Obst- und Nußbäume, ernteten wir Äpfel, Pflaumen, Birnen und Kirschen. Und wenn wir im Frühjahr mit unseren Pferden durchs Land fuhren, betreute ein älterer Mann unser Anwesen.

Mit Vorliebe fuhren wir auf die Pferdemärkte. Sie zogen uns magnetisch an. Was war damals ein Pferdemarkt – ohne Zigeuner!

Mein Großvater und mein Vater feilschten mit den jüdischen Pferdehändlern und den Bauern und schlossen den Kauf mit einem Handschlag ab.

Es wurde auch getauscht. Das war ein lustiges und buntes Treiben. Mein Vater und mein Großva-

38

ter waren stolz, wenn sie mit neuen und schönen Pferden nach Hause kamen.

Wir spielten in den Dörfern und Städten auf, das ganze Frühjahr und den ganzen Sommer lang. Und damals kehrten wir schon im Herbst in unser Haus zurück. Da lagen schon die Kartoffeln im Keller. Der alte Mann hatte alles im Garten mit seiner Frau zusammen besorgt, ja sogar das Obst für uns eingekocht.

Mitten im Dorf stand der Backofen. Meine ältere Schwester heizte alle 14 Tage ein. Und wenn wir Kinder aus der Schule kamen, stand meine Schwester schon am Ofen, hatte für jedes der Kinder einen Apfel im Schlafrock vorbereitet. Ein ganzes Brett davon. Mit den fertigen Broten fuhren wir dann auf Schubkarren den Berg hinauf. Das Brot kam in den Keller und hielt sich über zwei Wochen lang.

Ich ging gern in die Schule und lernte auch gerne. Auf viele Fragen bekam ich immer eine richtige Antwort. Es wunderte mich, daß der Lehrer soviel wußte. Aber am meisten ist mir der Lehrer Weber in Erinnerung. Er knabberte in der Pause immer an einem Knäckebrot herum. Ich dachte immer, wie mag das Brot wohl schmecken. Ihm mag meine heimliche Sehnsucht nach diesem Brot nicht entgangen sein, denn plötzlich lachte er und sagte: „Hier, beiß doch schon rein." Über diese plötzliche Zuwendung fühlte ich mich sehr geehrt, ich war stolz wie eine Königin.

Wenn wir unterwegs waren, um Konzerte zu geben, fuhren alle Geschwister mit. Nur mein ältester

Bruder heiratete noch vor dem Zweiten Weltkrieg, im Jahre 1935. Alle anderen Geschwister erst nach dem Krieg, soweit sie das Grauen überlebt haben. Keiner wollte so eigentlich die Familie verlassen. Wir fühlten uns durch die Musik als eine Familie. Es blieb dem Krieg und dem Nationalsozialismus vorbehalten, diese engen Verbindungen zu sprengen. Vielleicht habe ich selbst diese glückliche Verbindung am stärksten erlebt, denn ich war das jüngste Kind, das verwöhnte und von allen geliebte Mädchen.

Damals verkaufte mein Vater das Haus bei Meßkirch. Wir erhielten immer mehr Engagements in den Großstädten. Die Entfernungen wurden größer. Mein Vater machte den Führerschein und kaufte sich ein Auto. Doch wir behielten unseren Wohnwagen und die Pferde. Nur bei größeren Strecken packten wir die Instrumente ins Auto und kamen so schneller zum Ziel. 30 Kilometer mit dem Pferdewagen an einem Tag, das war in der damaligen Zeit schon eine Leistung. Mein Großvater und mein Vater wurden auch vom Rundfunk engagiert. Einmal nahmen sie uns alle mit nach Stuttgart. Wir schauten, wir staunten, wir waren restlos begeistert von dieser Stadt. Das Theater interessierte uns besonders. Wir waren immer sehr schnell in unseren Entschlüssen. Mein Vater kaufte in Stuttgart ein Haus, aber Hitler stand schon vor der Tür ...

Mein Großvater sagte damals: „Dieses Hitlerzeichen, das Hakenkreuz, es heißt nicht umsonst Kreuz. Daran bleibt jeder hängen, der nicht für die-

40

ses Zeichen ist. Es wird viel Kummer und Elend und über die Welt das Chaos bringen."

Damals wußten wir nicht, ob wir ihm zustimmen konnten. Aber er blieb bei seiner Meinung: „Wenn Hitler zur Macht kommt, werden wir Zigeuner unser blaues Wunder erleben ..."

1938 hatten wir immer noch feste Engagements, zum Beispiel in der Liederhalle in Stuttgart, im Wintergarten in Berlin, im Lido in Paris und in anderen großen Häusern. Wir traten dort auf. Und die Tage und Monate gingen vorbei. Aber bald änderte sich unser schönes Leben. Wir wurden befragt, mußten Fragebögen ausfüllen, wurden erfaßt. Die Kriminalpolizei maß unsere Nasen, die Ohren, stellte die Haarfarbe und vieles andere fest. Zu mir sagten sie, ich sei eine reinrassige Inderin. Andere wurden als Mischlinge eingestuft, obwohl beide Elternteile richtige Sinti waren. Wir ahnten, daß wir verloren waren, konnten aber unsere Engagements noch weiter halten, weil die Verträge noch eingehalten wurden.

Mein Großvater starb 1937. Er wurde in Tübingen auf dem gleichen Friedhof wie Hölderlin und andere Dichter und Philosophen beigesetzt. Gott sei Dank, daß er das, was auf uns zukommen sollte, nicht mehr erleben mußte.

Wir vermißten ihn sehr. Er war eine starke Persönlichkeit. Das Oberhaupt unserer Familie, die Majestät, an der wir alle mit Verehrung und Liebe hingen. Überall bei den Sintis war er bekannt und beliebt. Wo immer wir hinkamen, respektierten ihn unsere Leute, gingen rückwärts wie bei einem

König, dem man nicht den Rücken zukehren darf. Niemand sprach ihn mit Du an. Nur immer in der dritten Person. Wir Sinti tun das heute auch noch bei älteren Menschen.

Einschränkungen

Aber immer mehr wurde unsere Freiheit eingeschränkt. Wir durften die Stadt nicht mehr verlassen. Auf dem Land sah man keine Zigeuner mehr. Pferde und Wagen mußten für wenig Geld verkauft werden. Unsere ganze Lebensweise, unsere ganze Tradition verschwand von einem Tag auf den anderen, weil uns der Rest von Freizügigkeit noch genommen wurde. Wir wurden herausgerissen, total aus den Angeln gehoben. Wir Sinti entwickelten übermenschliche Kräfte, hatten nur noch einen Gedanken, die Kinder zu retten. Dann hieß es, die Sinti dürfen sich nicht mehr mit deutschen Frauen oder Männern einlassen. Wer ertappt wird, kommt ins KZ.

Von diesen langen Schatten wurden viele wunderschöne Erinnerungen überlagert. Die eigentliche Diskriminierung hatte schon angefangen. Wie oft weinte ich abends. Ich war ja keine Arierin, und die Mädchen aus meiner Schulklasse, die meinen Schmerz spürten, die waren entsetzt, und sie weinten mit mir. Die harte Realität kam auf uns zu. Ich fühlte mich so verloren und so einsam. Ich war ja doch ein junger Mensch. Ich wollte doch auch gerne lustig und fröhlich sein. Aber ich konnte gar nicht mehr lachen. Ich hatte immer ein ernstes Gesicht.

Mein Bruder Johann wurde zum Arbeitsdienst eingezogen, mußte bei den Bauern arbeiten. Anschließend leistete er zwei Jahre seinen Wehrdienst ab. Dann begann für ihn schon der Krieg. Damals wurde beim Militär noch nicht gefragt, ob er ein Zigeuner sei. Meine Mutter weinte oft. Wir wußten nicht, wo mein Bruder eingesetzt war. Auch mein Vater und einige seiner Brüder waren im Ersten Weltkrieg an der Front gewesen. Die Zigeuner gehörten immer zu den besten Soldaten, denn oft sagte ihnen der 7. Sinn, wenn Gefahr drohte.

1938 mußte ich die Mittelschule verlassen, nur, weil ich Zigeunerin war. Ich wurde in einer Munitionsfabrik eingesetzt und stellte in Akkordarbeit Munition her. Schreckliche Tage und Nächte erlebte ich. Ich hatte Angst, ob ich meinen Akkord schaffen würde. Und eine innere Stimme sagte mir immer wieder: Philomena, du mußt es schaffen, mag kommen, was will.

Von 6 Uhr früh bis abends um 6 Uhr arbeitete ich. Zu Hause kam ich hungrig und ausgelaugt an und war nur von dem einen Gedanken erfüllt: Ja, was wird wohl morgen sein. Wird man mich morgen zur Geheimen Staatspolizei bringen, bin ich übermorgen schon in einem Konzentrationslager ...?

Diese schreckliche Ungewißheit brachte mich fast um. Ich litt sehr darunter, daß ich nach sechs Monaten schon von der weiterführenden Schule hatte gehen müssen. Meine Lehrer konnten nicht verhindern, daß ich in der Rüstungsindustrie statt dessen zwangsverpflichtet wurde. Ich war ja keine Arierin, obwohl kurz vorher noch festgestellt worden war, ich sei eine reinrassige Inderin. Was verstanden denn die Leute damals unter Ariern? Eben das, was sie verstehen wollten.

44

Eine sehr traurige Zeit. Ich hatte mich in Stuttgart schon eingelebt, hatte Freundschaften geschlossen, besonders mit einem gleichaltrigen Mädchen. Wir waren zusammen schwimmen gegangen, wir hatten zusammen unsere Hausaufgaben erledigt.

Als ich von der Schule gewiesen wurde, weinten viele meiner Mitschülerinnen. Aber nach einiger Zeit sah ich meine „beste Freundin" wieder. Damals trug sie schon die Uniform des Bundes deutscher Mädchen. Ich war wie erstarrt. Ich schlug verzweifelt die Hände vor mein Gesicht und fing an zu weinen. Sie konnte nur den Kopf schütteln und andeuten, daß ihr Vater es so gewollt hatte.

Sie kam nahe an mich heran und sagte: „Ob du es glauben willst oder nicht, wir bleiben doch zusammen, wir bleiben doch Freundinnen." Aber ich schüttelte den Kopf. Die Uniform stand zwischen unserer Freundschaft. Mich überkam ein großes Gefühl der Einsamkeit. „Glaube mir doch", sagte sie, „schließlich trage ich lieber ein Kleid als diese Uniform." Sie hielt bis zu meiner Deportation zu mir.

Wir Sinti wurden also zur Arbeit eingesetzt. Es begann der Feldzug gegen Polen, der Krieg im Westen, der Krieg gegen England. Mein Bruder kämpfte im Osten und im Westen, in Polen, in Frankreich und Belgien, schließlich ging es weit nach Rußland hinein. Die Geheime Staatspolizei war indessen nicht untätig gewesen. Sie fahndete nach Juden, Halbjuden – und Zigeunern. Die Bestimmungen wurden verschärft, auch für die Nichtarier in der Wehrmacht. Der Hauptmann, der die Einheit meines Bruders führte, versuchte diesen immer im Hintergrund zu halten, damit er nicht auffiel. Mein Bruder war bei der Kavallerie. Er konnte mit Pferden umgehen, er spielte auf jedem Instrument. Er war lustig und bei seinen Kameraden sehr beliebt. Wenn einem Pferd etwas fehlte, da war er zur Stelle, da wußte er Bescheid, wie es geheilt werden konnte.

Aber eines Tages hieß es: „Wer ist denn der da? Das ist doch ein Zigeuner. Der darf doch nicht bleiben." Obwohl er seine Pflicht getan hatte, sogar verletzt worden war, wurde er nach Hause geschickt, dort dienstverpflichtet und mußte die schlimmsten Arbeiten verrichten.

Noch war es nicht so weit. Die Wehrmacht hat ihm das Lager erspart.

Die große Angst

Für mich wurde es schlimmer. Auf mich kam unweigerlich das Lager zu. Ich wurde als Kind, als junges Mädchen aus meiner Familie herausgerissen, weg von der Mutter, weg von den Geschwistern, in eine grausame Umwelt hinein. Und dabei war das Leben doch schon schwer genug gewesen: Abends todmüde zu Hause und dann nichts zum Essen.

Über uns kam eine große Angst. Diese schreckliche Ungewißheit: Wann kommen wir an die Reihe?

1942 wurden mein Bruder und mein Vater ins Konzentrationslager Mauthausen deportiert. Dort haben sie meinen Vater erschlagen. Mein Bruder Fritz kam nach Neuengamme und wurde nach der Kapitulation befreit.

Meine Mutter belasteten diese furchtbaren Ereignisse schrecklich. Sie war rein körperlich sicherlich gesund, aber ihr Leiden war unheilbar, denn sie litt seelisch. Schon von weitem hörte man sie keuchen. Ihr Herzasthma konnte kein Arzt heilen. Dazu kamen die schweren Belastungen durch die immer stärker werdenden Luftangriffe der Alliierten. Wir bewegten uns kaum, wir blieben zu Hause sitzen, kaum einer ging bei den Angriffen in den Bunker.

Ein schwerer Schlag für meine Mutter war die Sache mit ihrem Bruder. Man hatte seine Frau schon vor einem Jahr deportiert. Er war mit fünf kleinen Kindern zurückgeblieben. Die Kinder schrien: „Mama, Mama, laßt unsere Mama doch hier. Sie wollen unsere Mama holen."

47

Sie weinten und waren verzweifelt. Die Beamten konnten keinen Grund für diese Maßnahmen angeben. Sie beriefen sich nur auf eine Bestimmung aus Berlin. Die Frau wurde weggebracht. Wohin? Wir wissen es nicht.

Mein Onkel

Inzwischen war ein halbes Jahr vergangen. Ich kam gerade von der Fabrik nach Hause, saß noch in der Küche. Da kam jemand aus dem Geschäft unterhalb unserer Wohnung zu uns hochgerannt und schrie: „Schnell, ein Anruf für euch."

Ich lief sofort hinunter, meldete mich am Apparat. Sinti aus Heilbronn teilten uns mit, daß mein Onkel mit den fünf Kindern abgeholt worden ist. Er müsse jeden Augenblick am Güterbahnhof in Stuttgart ankommen.

Meiner Mutter sagte ich nichts von dem Anruf.

Ich fürchtete, sie würde zusammenbrechen.

Ich zog mir schnell einen Mantel an, fuhr zum Bahnhof und versteckte mich dort. Doch da kam schon die Grüne Minna an, fuhr an die Rampe. SS-Leute stiegen aus. Eine Tür wurde zur Seite geschoben. Und da sah ich meinen Onkel mit seinen Kindern, jeder mit einem Rucksack, das älteste Kind 12 Jahre alt.

Nichts konnte mich mehr halten. Ich stürzte auf meinen Onkel zu. Wir fielen uns in die Arme. Die Kinder umklammerten mich und heulten. Mein Onkel rief: „Jetzt werde ich weggebracht, und was geschieht mit den Kindern? Ich werde euch nie wiedersehen. Aber so Gott will in einer anderen Welt." Als wir uns noch festhielten, kam ein SS-Mann auf mich zu und schrie: „Hau ab, du Zigeunerhure!" Dann gab er mir einen Fußtritt, aber ich richtete mich rasch wieder auf und rief meinem Onkel zu: „Du mußt keine Angst haben. Es wird schon nicht

49

so schlimm werden. Wir werden uns alle wiedersehen."

Doch mein Onkel sagte nur kurz: „Nein, wir werden uns nie wiedersehen." Die Tür ging zu und er verschwand.

Ich habe ihn nie mehr wiedergesehen ...

Verzweifelt stand ich am Bahnhof. Ich heulte und schrie und konnte dies alles nicht fassen. Aber irgendwie begriff ich, daß ich so nicht nach Hause gehen konnte. Langsam ging ich zu Fuß. Es wurde schon dunkel.

Gegenüber dem Güterbahnhof in Stuttgart liegt ein großer Park. Ich betrat ihn, weinte noch immer. Ein Soldat kam vorbei. Er sah mich an. Er sagte: „Sag mal, hat dir jemand etwas getan?"

Ich sah ja so verzweifelt aus. Der Soldat: „Ich tu dir nichts."

Ich war irgendwie gerührt, bat ihn ganz spontan um eine Zigarette. Er gab mir ein Päckchen Overstolz mit Mundstück, und hastig begann ich zu rauchen. Ich setzte mich zu ihm auf eine Bank und sagte ihm, daß ich eine Zigeunerin, eine Sinti sei. Und er erzählte von seinen Schulkameraden. Darunter war eine ganze Anzahl von Zigeunern, die heute noch seine Freunde seien. Aber er habe sie lange nicht mehr gesehen. Und er wurde sehr nachdenklich.

„Sie sind alle weg", sagte ich. Und er wurde stutzig und fragte mich: „Doch nicht etwa im Konzentrationslager. Ich habe auch schon davon gehört, Juden schon, aber Zigeuner?"

„Sicher", sagte ich, „gerade ist mein Onkel mit

50

fünf Kindern weggebracht worden." Und ich erzählte ihm alles. Er wurde ganz bleich im Gesicht, weiß, schluckte, rang nach Luft, er konnte nichts mehr sagen. Schnell rannte ich weg. Noch mit der Bitte: „Bitte, verraten sie mich nicht, sonst bin ich jetzt schon an der Reihe."

Ich kam zu Hause an, ging sofort zum Waschbekken, rieb mir die Augen aus, trug Creme auf. Aber meine Mutter merkte gleich, daß etwas mich verändert hatte und fragte mich, ob ich geweint habe. Sie vermutete, ich hätte einen Freund, der Deutscher ist und sagte: „Dann kommst du ins KZ ..."

„Ach Mama", sagte ich, „wo denkst du hin, ich weiß das doch." Sie konnte nicht ahnen, was ich soeben erlebt hatte.

Später kam ein Cousin meiner Mutter aus Vaihingen bei Stuttgart mit Frau und erzählte ihr die furchtbare Geschichte von dem Bruder mit den Kindern. Es ging alles über die Kräfte meiner Mutter. Wir mußten den Arzt holen und dachten alle, sie werde sterben. Aber sie überlebte noch einmal.

Nach vier Wochen war ich an der Reihe. Ich kam nach Auschwitz. Von unserer zehnköpfigen Familie blieben nur noch vier übrig. Zuletzt blieb meine Mutter ganz allein. Und dann holte man auch sie, verschloß und versiegelte die Wohnung, die später durch Luftminen und Brandbomben zerstört wurde.

Jetzt war auch unsere Vergangenheit mit einem Schlage endgültig ausgelöscht: Alle Fotos, alle Bilder, alle Papiere, alle Briefe, alle Notizen, mein Tagebuch, alles vernichtet.

Mein Holocaust

Ich werde abgeholt

Und dann kam das Leid, wie ein Schlag mit einem Hammer – und mitten ins Gesicht. So stark, daß ich mein ganzes Leben lang brauche. Daß ich ihn wohl nie überwinden werde.

Man schreibt den 27. März 1943, 8 Uhr früh. Ich arbeite in einer Fabrik, bin seit 1940 dienstverpflichtet. Unter schwersten Bedingungen, 21 Jahre alt.

Ich werde abgeholt.

Die SS-Leute behandeln mich höflich. Ich beginne trotzdem am ganzen Körper zu zittern. Ein SS-Mann, etwa 30 Jahre alt, nimmt mir die Handschellen ab. Ich darf eine Zigarette rauchen. Seine Blicke verraten mir, was mich erwartet. Heute noch muß ich oft an diesen jungen Mann denken. Durch ihn wird mir bewußt, daß nicht alle schuld sind.

Ein kahler Raum. Ich sitze auf einer Bank, blicke aus dem Fenster. Der Himmel ist grau. Dicke Schneeflocken fallen zur Erde. Aber ich denke nur: „In wenigen Augenblicken wird man mich zum Tod verurteilen." Nicht in einem normalen Gerichtsverfahren. Mein Todesurteil heißt Auschwitz. Der Name ist mir geläufig. Mein Vetter war dort gestorben. Einige Geschwister waren dort getötet worden.

Der junge SS-Mann sieht meinen Zustand und beruhigt mich: „Seien Sie jetzt tapfer. Nur nicht den Mut verlieren. Es wird schon nicht so schlimm werden."

Ein Wachtmeister öffnet die Tür. Wir gehen durch eine große, weit geöffnete Flügeltüre. Alle stehen. Der Gestapo-Beamte blickt mir in die Augen. Ich habe von ihm gehört. Er ist bekannt dafür, daß er die Konzentrationslager Auschwitz, Dachau, Buchenwald und andere gut versorgt.

Er vertritt jetzt das Gesetz. Nichts ist menschlich an ihm. Die Gerechtigkeit ist nur auf seiner Seite. Die Gerechtigkeit der Nazis. Am Jackett trägt er das Parteiabzeichen.

Ich weiß nicht, warum. Aber mein erster Gedanke ist, ja, ich frage, ob meine Mutter mir meinen Mantel bringen darf. In Sekundenschnelle steht er auf, schreit mich an: „Du brauchst keinen Mantel. Du bekommst jetzt Strohschuhe, wie alle deine Artgenossen. Und dann ab nach Auschwitz. Dort gibt es einen schönen großen Ofen für euch Zigeuner."

Mich überfällt kalte Todesangst. Zigeuner und die Juden sind also nicht in einem Arbeitslager, wie die meisten der sogenannten Fremdarbeiter. Sie gehen nicht am frühen Morgen in die Fabrik. Sie gehen in die Vernichtung, werden umgebracht. An jenem Tag habe ich mit der Kraft, mit der wenigen Kraft, die mir noch blieb, gespürt, daß mich mit

54

den Juden eine große Solidarität verbindet. Erst jetzt wird es mir bewußt.

Ich empfinde Angst, sorge mich um Zigeuner und Juden. Natürlich auch um mich. Aber wir alle werden ja mit dem gleichen Haß und der gleichen Gründlichkeit geopfert.

Ich stehe vor ihm. Ich bin aus der menschlichen Gesellschaft ausgestoßen. Noch heute höre ich ihn ganz deutlich sprechen. Sie sind ja nur Parasiten, Volksschädlinge, Feinde der Gesellschaft. Und ich bin unschuldig, trotzdem verurteilt und für immer ausgestoßen. Was wissen diese Leute vom Leben! Also auf nach Auschwitz.

Der junge SS-Mann ist fassungslos. Er ist verwirrt, entsetzt über das Urteil. Und ich meine, er schämt sich. Ich stehe stumm vor ihm, als er mich ins Gefängnis bringt. Das Herz bricht mir fast, und ich könnte vor Angst aufschreien, doch mein Mund bleibt stumm.

Nach sekundenlangem Schweigen gibt er mir die Hand: „Eine Frau, so schön wie du, ist nicht einfach sterblich. Es tut mir von ganzem Herzen leid. Ich bin mitschuldig geworden."

Ich fühle, er ist genauso einsam wie ich.

Seitdem diese Worte gesprochen wurden, sind 40 Jahre vergangen. Aber ich weiß noch jedes Wort, das damals fiel.

Dann der Transport. Durch unzählige Gefängnisse. Zwischenstation in Dresden. Es ist kalt, als wir ankommen.

„Eins, zwei, drei, kehrt ..."

Das endlose Hin und Her zwischen Zellentür und Gefängnishof.

Tagsüber darf man sich nicht hinlegen.

Um fünf Uhr morgens ein schriller Pfiff.

Aufstehen. Bettenmachen, waschen, herumgehen, sitzen auf dem Klappstuhl an der Wand.

Am Abend sehe ich durch das kleine Fenster den Gefängnishof unter der weißen Schneedecke liegen. Der Mond am Himmel ist für mich wie eine große Laterne. Er spendet Licht für diese ungerechte Welt. Diese Zelle ist unsere Welt. Wer hat uns verboten, wer bestimmt, daß wir nicht aus dem Fenster sehen dürfen?

Ich bin ein Vogel, kann nicht fliegen. Man hat mir die Flügel gestutzt.

Am Fenster vorbei fliegt eine Drossel, läßt sich nieder.

In Gedanken stecke ich ihr einen Zettel mit einem Gruß an meine Mutter zu und scheuche sie dann weg.

Aber die Wirklichkeit ist anders. Nie mehr wird meine Mutter eine Nachricht von mir erhalten.

Tagelang gehe ich wie betäubt durch die Zelle. Ich kann einfach nicht glauben, daß ich von meiner Mutter getrennt bin.

Und dann die Fragen, warum tun die Nazis das? Meine Mutter war für mich so wichtig, so unendlich wichtig, seit ich denken kann. Sie gab mir den Halt.

Ganz gleich, was immer auch geschehen ist, sie war für mich immer da. Und das war für mich selbstverständlich. Oft meine ich, der Schmerz

56

würde mich zerreißen. Ich würde an der Trennung zerbrechen. Gleichzeitig stelle ich mir vor, sie ist plötzlich in der Zelle, lächelt mich an. Oder ich höre ihre Stimme durch die dicken Wände.

Der Arzt kommt

In Dresden sind wir zwei Monate. Dann werden wir gerufen, sammeln uns, gehen nackt, auf eiskaltem Boden den Gang entlang, warten auf den Arzt. Ich bin die Vorletzte. Mit einer Mitgefangenen will ich leise ein Wort wechseln, aber der SS-Arzt schlägt mir mit der Faust auf den Kopf. Ich falle gegen die Wand. Blut spritzt. Ich werde bleich, versuche mich, aus seinem Griff zu winden, aber er packt nur noch stärker zu.

Mit zitternden Lippen sehe ich ihn an. Wie ein wildes verängstigtes Reh. Aber er schlägt immer wieder auf mich ein, bis ich blutüberströmt und kraftlos zu Boden falle. Er fällt erneut über mich her, bis ich regungslos daliege. Aber wieder greift er nach mir. Um Haaresbreite wäre ich erschlagen worden.

Die Frauen und Mädchen schleppen mich zum Güterbahnhof und heben mich in den Waggon.

Ich liege auf dem Boden, bin betäubt. Verzweifelt. Aber auch wütend.

Und dann streiche ich mir das Haar aus dem Gesicht, und das Leben geht weiter.

Langsam kommt der Güterzug in Fahrt. Schlaflose Nacht. Bis zum frühen Morgen starre ich an die Decke. Plötzlich Sirenengeheul. Die Bewacher lassen unseren Waggon auf den Geleisen stehen. Bomben und Flakgeschütze geben uns das Gefühl, als ob die Welt unterginge. Ich sehe die Gesichter der Frauen und Männer noch vor mir, voll panischer Angst um ihr Leben.

Einen ganzen Tag steht der Zug auf den Geleisen. Dann setzt sich der Waggon wieder in Bewegung, rattert durch die Nacht. Ab und zu ein Licht in der Dunkelheit. Und dann ein fürchterlicher Stoß. Der Waggon kommt auf ein Nebengeleis.

Die Seitentür wird geöffnet. Wir dürfen auf den Geleisen unsere Notdurft verrichten, scharf bewacht von der SS.

An unseren Wagen wird ein zweiter Waggon angekoppelt. Wir begrüßen uns. Die Luft ist frisch und kühl.

Plötzlich beginnt ein wildes Durcheinander. Die SS-Leute treiben uns in die Waggons. Draußen bleibt ein alter Mann liegen, die Beine ausgestreckt, die Hände gefaltet. Seine Kleidung ist schmutzig. Er hat keine Schuhe an den Füßen. Dürr, die Haare verklebt. Der Oberscharführer blickt ihn sekundenlang an. Der alte Mann ruft: „Ich bin auf den Geleisen gestürzt, Herr Wachtmeister, und kann nicht mehr aufstehen."

Im gleichen Moment schlägt der SS-Mann mit dem Gewehr auf seine Füße, der alte Mann schreit auf, schlägt die Arme vor sein Gesicht. „Ich bin Oberscharführer, und du wirst mich mit diesem Rang anreden", schreit der SS-Mann.

„Gott, in deine Hände befehle ich meinen Geist", stöhnt der Alte. „Du brauchst mich nicht mit Gott zu beraten, entweder du gehst jetzt in den Waggon oder du stirbst."

Der alte Mann schreit auf, das Gewehr saust auf ihn nieder. Er krümmt sich, wird an den Haaren hochgezogen, schreit immer lauter. „Schon zuviel

59

Zeit mit dir vertan, um dich noch am Leben zu lassen", sagte er. Dann hebt der SS-Mann sein Gewehr und erschießt ihn.

Die ganze Nacht trauern wir um dieses Opfer.

Mehrere Tage vergehen.

Die beiden Wagen werden voneinander abgekoppelt. Im gleichen Augenblick hören wir Kinder schreien. Eine Mutter in unserem Wagen weiß nicht, wo ihr Kind ist. Vielleicht läßt man die Waggons mit den Kindern stehen, und die darin sind, einfach vor Hunger und Durst sterben.

Rampe Auschwitz

Bei der Ankunft in Auschwitz am 21. 4. 1943 sind sieben meiner Leidensgenossen tot. Es ist vier Uhr morgens. Rampe Auschwitz. Alte Frauen, Männer und Kinder müssen sich in einer Reihe aufstellen.

Es riecht eigenartig.

Lastwagen fahren an uns vorbei. Ihre Fracht besteht aus Leichen, alle nackt.

Dieser Anblick versetzt mir einen solchen Schock, daß mich noch heute diese Bilder im Traum verfolgen.

Wir stehen an der Rampe. Die Posten sind vollzählig. Es herrscht Stille. Plötzlich ein fürchterliches Geschrei: „Ausrichten! Entkleiden!" schreit es.

Alle entkleiden sich langsam. Es ist bitterkalt. Ich bekomme eine Gänsehaut.

Und dann kommen rasch hintereinander die Befehle: „Laßt die Kleider vor euch liegen. Einen Schritt zurück. Jeder vor sein Kleiderbündel." Abschätzige, neugierige, auch fachmännische Blicke treffen meinen Körper. Das Kleid, das ich noch kurz zuvor trug, wird durch ein grobes gestreiftes ersetzt. Meine Füße stecken in großen Holzschuhen. Meinen Mitgefangenen wurde schon in anderen Lagern der Kopf geschoren, ob Mann oder Frau. In zwei Minuten verwandelt sich ein Zivilist in einen KZ-Häftling. Einer der SS-Leute schreit: „Maul aufmachen."

Jetzt schon wird geprüft, wer Goldzähne mitbringt. Er hat besonderen Wert ...

Wir marschieren auf die Baracken zu, die Män-

61

ner rechts, die Kinder und Frauen links. Paarweise im Gleichschritt ins Frauenkonzentrationslager, in Steinbaracken.

Ich beobachte ein junges Mädchen. Es sieht so ängstlich aus. Es scheint gar nicht mehr in dieser Welt zu leben. Seine Augen haben kein Leben mehr. Es sieht ins Leere. Es geht wie im Traum. Der Schock bei der Ankunft hat es schon gelähmt.

Zur gleichen Zeit gelangen wir beide in den Untersuchungsraum. Zwei SS-Männer mit Ochsenziemern erwarten uns. Eine Aufseherin will mich auf den Stuhl zerren, aber da ruft schon einer:

„Die nicht, die Haare bleiben."

„Stell du dich mal hier an die Seite", befiehlt er, „mach mal deine Haare auf."

Ich habe Haare, die bis zu meinen Knien fallen. Und er sagt: „Die sieht ja aus wie eine Dschungelprinzessin." Und dann befiehlt er mir, den Mund aufzumachen.

Ich denke, er will mich erschießen, aber er sagt, „schon gut". Und die deutsche Frau, die neben mir steht, sagt: „Mensch, nun hast du es gut, du kommst nun rüber in das Bordell, da hast du es besser als im Lager."

Da gehen mir die Augen auf. Mir ist so, als würde ich von einem Mühlstein zermalmt, als müßte ich langsam sterben. Ich schließe die Augen, muß mich an die Wand lehnen, um nicht umzufallen, denke an meine Angehörigen, die hier gestorben sind und vergast wurden. Mein Gott, was tust du mir hier an! Das kann ich doch nicht, das halte ich doch nicht aus. Diese Qualen.

62

Dann merke ich, mein Kreislauf rotiert. Ärger und Verzweiflung kommen in mir hoch. Ich reiße mein Lagerkleid auf und schreie verzweifelt:

„Nein, in den Puff gehe ich nicht, dann erschießt mich doch schon. Erschießt mich auf der Stelle."

Der SS-Mann ist erstaunt, ja schon verstört.

„Nein, nein", rufe ich, „ich will sterben wie meine Verwandten und Geschwister, die ihr alle hier getötet habt. Ich will nicht eine Dirne für euch sein. Bringt mich um!"

Es ist mir in diesem Augenblick so gleichgültig. Sie sollen es doch tun. Da packt mich schon die Aufseherin, zerrt mich auf einen Stuhl, reißt mir meinen Kopf nach hinten und schneidet mir brutal und ruckartig die Haare ab. Aber ich sträube mich, schreie, heule: „Meine Haare, nein, nicht meine Haare, laßt meine Haare."

Zu dritt müssen sie mich auf den Stuhl zerren. Die Hölle kann nicht furchtbarer sein. Ich sehe Jesus vor mir, die ganze Leidensszene. Und dann fährt die Haarschneidemaschine über meinen Kopf, von einem Ohr zum anderen. Sie schneiden mir ein Kreuz. Die anderen Haare bleiben stehen. Und so laufe ich 14 Tage lang herum.

Als ich aus dem Raum komme, weinen die Mädchen und Frauen.

„Ach, du lieber Gott", rufen sie, „liebes Kind, was haben sie mit dir gemacht! Hier sind wir in der Hölle."

Ein SS-Mann gebietet Ruhe und schließlich heißt es: „Im Gleichschritt, Marsch! Singen! Singen!" Ich singe mit, ich, die Nummer 10550.

63

Aber wer kann da noch singen? Zuviele Sprachen, zuviele Völker. Schließlich ein unverständliches Gemurmel.

Aber ich fange mit aller Gewalt an zu singen, weiß nicht mehr was. Und die anderen singen irgendwie mit, summen oder singen ihr eigenes Lied, während die SS-Leute grinsend neben uns hergehen.

In Birkenau

Auf dem Weg ins Nebenlager Birkenau, wo das große Zigeunerlager liegt, sind wir von 20 Posten eskortiert. Gruppenweise werden wir in die Baracke geschoben. Ein paar Stunden später verkündet der Lagerführer: „Ihr seid hier in einem Konzentrationslager. Keine Besuche, keine Post, absolute Ruhe. Wer sich nicht beugt, wird gebrochen. Ihr habt zwei Ausgänge: Arbeit und die Hölle. Beim geringsten Vergehen gibt es 25 Stockhiebe oder Block elf."

Block elf bedeutete fast den sicheren Tod.

In diesem Lager stehen keine Bäume. Überall nur Stacheldraht. Dagegen Berge von Leichen, Skelette. Sterbende, die sich von einem Abfallhaufen zum anderen schleppen, auf der Suche nach etwas Eßbarem. Kinder, Frauen und Männer, deren Gesichter ausdruckslos sind. Mit zerbrochenem Herzen, mit Stacheldraht umwickelte Seelen. Die meisten Sinti und Juden. Alle unter dem gleichen Schicksal.

Am nächsten Tag ging ich frühmorgens in den Steinbruch. Neben mir steht ein Häftling, der nur noch aus Haut und Knochen besteht.

Plötzlich brüllt ihn der Unterscharführer an:

„Sag, daß du nur noch ein Gerippe bist!"

Der Mann bringt nur noch stotternd ein paar Worte hervor, doch zu einer richtigen Antwort bleibt ihm keine Zeit mehr. Er wird abgeführt, zu Boden geschlagen, von den Wachmannschaften geprügelt und fortgeschafft. Nur noch das schleifende

Geräusch eines Körpers auf dem Schotterboden ist zu vernehmen.

Jetzt begreife ich, daß wir in einer Hölle ohne Ausgang leben. Die SS-Leute quälen die Häftlinge sogar aus Langeweile.

An diesem Tag arbeiten wir ohne Pause. Bis zur Bewußtlosigkeit. Die Häftlinge fallen um wie die Fliegen. Dann endlich dürfen wir ins Lager zurück. Wir müssen singen, „Schwarzbraun ist die Haselnuß ..."

Dann werden wir gezählt, und zu Tode erschöpft fallen wir auf unsere Pritschen.

Ich denke nur noch an Rache. Dieser Unterscharführer soll sterben. Mit diesem Vorsatz schlafe ich ein, werde aber plötzlich in der Nacht geweckt.

Ein Schrei der Verzweiflung, gellend, grausig.

Wie die Rufe eines Gefolterten.

Wir erstarren.

Es dringt durch das ganze Lager. In den Baracken sind wir isoliert von der Außenwelt, es ist fast zum wahnsinnig werden.

Ich gehe wie ein Tier auf und ab, komme mir vor, als ob ich lebendig begraben wäre. Und schon geht wieder die Tür auf: Aufstehen.

Verzweifelt fange ich an zu beten: „Vater unser, der du bist im Himmel, warum hast du uns verlassen!"

Ich weine ohne Hemmungen.

66

Nach Ravensbrück

Nach zwei Monaten schwerster Arbeit werden 50 Frauen für einen Transport nach Ravensbrück ausgesucht. 14 Tage lang dauert die Fahrt in den Viehwaggons. Ausgehungert und fast am Verdursten werden wir in einen Quarantäneblock eingewiesen. Dort erfahre ich von einer Frau, daß meine älteste Schwester noch lebt.

Eines Tages steht sie tatsächlich vor mir, doch ich erkenne sie nicht mehr. Ich erkenne meine eigene Schwester nicht wieder.

Man hat ihr den Kopf geschoren. Sie ist abgemagert. Ein lebendes Skelett. Wir fallen uns in die Arme und weinen und lachen. Jetzt erfahre ich auch, daß die Kinder meiner Schwester nicht mehr leben. In Auschwitz ins Gas geschickt und verbrannt.

Meine Schwester und ich arbeiten jetzt in einer Munitionsfabrik, 12–14 Stunden täglich. Ohne Schutzmaske gieße ich täglich 150 Sprengbomben. Hier hat man mir die Nummer 10550 verpaßt. In wenigen Tagen werden meine Augen, ja nach und nach der ganze Körper zitronengelb. Meine Kräfte verlassen mich. Ich schaffe den Akkord nicht mehr. Die Aufseherin bemerkt es, schlägt mir ins Gesicht und sagt: „Du gottverdammtes Mistvieh. Wir müssen doch unser SOLL erfüllen."

Über Nacht wurde es Sommer, aber meine Gedanken kreisen nur um den Tod. Wer hier nicht herauskommt, muß sterben. Ich will fliehen. Meiner Schwester schicke ich einen Zettel:

„Es ist aus, ich kann nicht mehr. Verzeih mir."

Ich lege den Zettel unter den Kopfteil ihres Bettes. Der Vorhang ist gefallen. Meine Schwester wird es nun noch schwerer haben.

Auf der Flucht

Es gelingt mir die Flucht. Ich bin frei. Ich gehe durch die Felder, ich komme in den Wald. Im Mondlicht kann ich den Weg erkennen. Aber dann falle ich erschöpft zu Boden, schlafe am Wegrand ein. Aber ich wache am anderen Morgen auf, wage kaum aufzuwachen, denn ich bin frei. Kein Stacheldraht, kein Geschrei der Wachtposten, nicht das Gebell der Hunde, nicht das Klappern der Eßgeschirre.

Ein unbeschreiblich schönes Gefühl.

Aber wie geht es weiter? Ich bin geschoren. Ich trage Sträflingskleider. Und ich habe keinen Pfennig. Aber ich habe nur den einen Gedanken: heim zu meiner Mutter. Dies alles kommt mir jetzt in den Sinn. Ich habe keine Haare auf dem Kopf. Ich trage Sträflingskleider. Aber heim zu meiner Mutter? Meine Mutter ist vielleicht doch schon längst tot.

Die Hoffnung, meine Mutter noch einmal zu sehen, wird sich mir nicht erfüllen.

Ich streife durch den Wald. Nachts krieche ich in Heuhaufen hinein. Ich spüre, es muß eine größere Stadt in der Nähe sein. Aber ich sehe nur Felder, kaum Häuser, nur hier und da mal ein kleines Dorf. Und immer noch trage ich meinen Overall, eine Art Hosenanzug, meine Sträflingskleidung, das zugleich mein Arbeitskleid ist. Und hinten ist ein Kreuz aufgemalt. So lief ich durch den Wald.

Warum bin ich geflohen? Das war doch alles fast hoffnungslos. Aber ich wollte draußen sterben. Ich wollte nicht in diesem Lager umkommen.In meinem Unterbewußtsein bin ich immer wieder weitergelaufen, immer mehr in den Wald hinein.

So muß ich in die Nähe eines Gefangenenlagers mit Franzosen gekommen sein, völlig ahnungslos. Aus diesem Lager waren offensichtlich einige Kriegsgefangene ausgebrochen. Es war Nacht.

Plötzlich ein Schreck. Ich mußte mich an einen Baum lehnen, sonst wäre ich zusammengebrochen, denn auf einmal stehen sie vor mir, mit der Taschenlampe in der Hand. Riesige Hunde stürzen auf mich zu, springen mich an, und der Befehl ertönt: „Hände hoch!"

Taschenlampen und dann auch Maschinengewehre. Das waren aber keine SS-Leute, das waren Mitglieder des Volkssturms. Auch Hitler-Jugend war dabei, die waren noch schlimmer als die Erwachsenen. Sie rissen mir das Kopftuch herunter und fragten mich, wo ich denn ausgebrochen sei. Ich war eingekreist. Sie hatten nicht eigens nach mir gesucht, sondern nach den entwichenen Kriegsgefangenen. Aber bei dieser Gelegenheit fanden sie mich. Ich hatte ja keine Haare mehr auf dem Kopf. Ich war gelb wie eine Zitrone. Ich bestand nur aus Haut und Knochen, da sahen sie gleich, die ist aus dem Lager ausgebrochen.

Sie traten mich mit den Füßen, sie schlugen mich. Dann luden sie mich auf einen Lastkraftwagen und brachten mich ins nächste Dorf. Beim Bürgermeister, einem Bauern, wurde ich eingesperrt. Ich saß in einem kleinen Gefängnis, wie ein Zimmer, aber vorne waren breite Stäbe, da konnte man

70

mit dem Kopf nicht durchkommen. Aber es war niemand da, der mich bewachte. Aber die Frau des Bürgermeisters, sie half mir. Sie hatten Kühe, und jeden Morgen brachte sie mir eine Schüssel Milch und sagte: „Kindchen, nimm schnell, trink aus."

Es waren aber auch gefangene Franzosen auf dem Hof, die dort arbeiteten. Sie bekamen Pakete vom Roten Kreuz. Sie gaben mir immer ein paar Zigaretten durch die Gitterstäbe, Schokolade oder ein Stück Brot und das ging acht Tage lang. Bis die Lagerleitung kam. Ich wurde auf einen großen Lastwagen geladen. Keiner von ihnen sprach ein Wort.

Ich hatte gar nicht gedacht, daß sie sich an meiner Schwester rächen würden. Aber, meine Schwester hängt inzwischen am Galgen. Sie wollen durch sie herausfinden, in welche Richtung ich geflohen bin. Sie wird am Galgen nicht erhängt. Sie wird aufgehängt, gefoltert.

Wenn ich diese Szene heute vor mir sehe. Viele werden es nicht glauben können. Was haben mir die Menschen zugefügt. Wir sind geschlagen worden, wir sind gefoltert worden, wir haben sehr viel Kraft gehabt. Viele Leute sind an Typhus gestorben. Wir wurden auch seelisch gemartert. Dagegen gab es keine Medikamente, es helfen auch heute keine Tabletten.

Man holt mich also zurück ins Lager. Meine Schwester, die inzwischen aufgehängt worden war, sie lebt noch. Im Laufe des Vormittags bringt man mich auf den Appellplatz.

Alle Gefangenen müssen antreten. Lähmende Stille.

„Häftling Nr. 10550", schreit der Lagerführer, „wird hier zur Abschreckung an den Galgen gehängt."

Mir werden die Hände auf den Rücken gefesselt. Der Strick wird um meinen Hals gelegt.

Man hat mir den vollen Kelch gereicht. Ich höre die Stimme meiner Schwester. Ein Schrei: „Mach dir nichts daraus. Ich bin ja bei dir!"

Ich habe meine Schwester nie mehr gesehen.

Als ich wieder zu mir komme, bin ich im Stehbunker. Acht Tage lang. Noch heute ist es mir unbegreiflich, daß ich noch lebe.

Die Fesseln, die man mir bei der Scheinerhängung umlegte, haben sich in den acht Tagen Stehbunker tief in mein Fleisch eingebohrt. Dann werde ich in den Krankenbau gebracht. Erst nach fünf Tagen kann ich meine Arme wieder bewegen.

In diesen Tagen, in diesen Stunden und Minuten und Sekunden muß ich immer an meine arme Schwester denken. Ich weiß nur, daß sie umgekommen ist. Aber mein Onkel ist ja auch erschlagen worden. Mein Vater ist in Mauthausen umgekommen. Meine anderen Angehörigen, sie sind alle in Auschwitz im Krematorium verbrannt worden. Vorher wurden sie ins Gas geschickt.

Ein Engel

Im Stehbunker kommt ein Engel zu mir.

Ich hatte ja keinen Kontakt mit den anderen Gefangenen. Aber ein jüdischer Arzt, ein Lagerarzt, der kam zu mir, warf mir einmal ein Stück Brot in die Zelle, oder eine Zigarette. Das hat mich gestärkt. Ich glaube, wenn er nicht gekommen wäre, ich wäre heute tot. Sein Mitgefühl gab mir das Empfinden, daß ich groß und unendlich stark sei. Zugleich war ich sehr dankbar. Wir konnten nicht miteinander sprechen. Es geschah alles ohne Worte. Aber heute noch denke ich an diesen Mann. Heute erinnere ich mich noch daran, weil ich mir immer wieder sage: „Er kam in die Hölle dieses Lagers. Ein Jude hat an mich gedacht. Jener hat mir ein Stück Brot gegeben, als andere sich gegenseitig erschlagen haben, um ein Stück Brot zu erhalten."

Unter den Deutschen im Lager gab es nicht die Solidarität wie bei uns, sie haben sich gegenseitig erschlagen, haben sich gegenseitig ihr Brot gestohlen und weiß Gott was alles dafür eingetauscht. Sie haben sich ausgeliefert. Es gab schreckliche Denunziationen, aber wir Zigeuner hielten immer zusammen.

Wir haben uns immer gesagt, mit denen haben wir nichts zu tun. Die können auch nicht schweigen. Das hat alles keinen Zweck. Die denunzieren sich gegenseitig und bringen sich um. Aber bei uns war es nicht so. Wir haben niemals einander unser Brot gestohlen. Wir haben uns gegenseitig nicht verraten. Viele von uns sind lieber gestorben. So

74

war das bei den Sinti. Und die Aufseher sagten oft: „Nehmt euch doch ein Beispiel an den Zigeunern. Nehmt euch doch ein Beispiel an diesen!" Sie wußten, daß wir uns gegenseitig nie verraten würden. Das war das Schöne. Wir haben in diesen schweren Zeiten gelernt, wer wessen Freund war. Wir haben unser Blut gehört. Die Leute haben auch nicht versucht, sich aufzulehnen. Sie haben sich eingeordnet. Sie gingen zur Arbeit.

Ich erinnere mich noch an die Küche in einem Lager bei Wittenberge an der Elbe. Da lagen hinter der Küche die Abfälle. Da war eine Grube. Da wurde alles hineingeworfen. Da gingen die Gefangenen hin, obwohl Ratten darin hausten. Aber wir hielten uns fern. Lieber wären wir gestorben. Und die anderen starben, weil sie mit Typhus infiziert wurden.

Wir sahen, wie die anderen miteinander umgingen. Aber wir machten uns Hoffnung, machten zusammen Musik. Schlugen im Takt. Sangen zusammen. Und manchmal tanzten wir sogar im Lager Csardas. Die Mädchen steppten. Und oft kamen die Aufseherinnen und schauten rein und waren interessiert und sagten, ja, gibt es denn so was. Und einige sagten dann, Frau Aufseherin, kriegen wir denn eine Kanne Kaffee. Und dann sagten sie, ja, wir wollen mal sehen, was übrig bleibt.

Die Aufseherinnen waren oft blutjunge Mädchen. Und ich habe mich oft gefragt, wie ist das möglich? Wie kommen diese jungen Menschen hier rein? Die waren doch so wie wir. Dagegen waren die jungen Frauen, 30 und älter, schon richtige

75

Hyänen. Die wurden durch den Dienst immer radikaler und rabiater. Die Jüngeren quälten uns bei den Appellen nicht so sehr. Die zählten ab und ließen uns dann abtreten. Aber die Älteren, die ließen uns oft im Winter stehen, bis die Leute umfielen. Wir haben uns ja gegenseitig so gestützt, wir haben die fast Erfrorenen gehalten. Aber die ließen uns einfach stehen, manchmal stundenlang. Und keiner hatte bei diesen Aufseherinnen den Mut, wie bei den Jüngeren, einmal zu fragen, ob wir nicht doch endlich auseinandergehen dürften. Sie hetzten lieber die Hunde auf uns.

In Oranienburg

Viele Parolen gehen durchs Lager, meist nur Gerüchte. Aber in diesem Fall stimmt es. Ich komme ins Lager Oranienburg. Ich weiß nicht, was mich erwartet. Wahrscheinlich vermutet man, daß ich auf der Flucht Berichte aus dem Lager herausgeschmuggelt habe.

In wenigen Minuten werde ich in eine Sonderzelle eingeliefert. Ohne Tageslicht. Ich bin völlig isoliert. Noch ein Weg, noch tiefer in die Hölle hinab. 10 Tage lang läßt man mich bei Wasser und einer dünnen Scheibe Brot schmoren. Am 11. Tag werde ich zur politischen Abteilung geführt. Der Leiter sitzt am Schreibtisch, ich kann ihn beobachten. Kein Funken Verständnis, kein Funken Leben in seinen Augen. Blaß. Ich werde nach dem Namen gefragt und jetzt fühle ich, daß dieser Mann ein intellektueller Killer ist.

Ein sonderbarer Traum

In dieser Nacht habe ich einen sonderbaren Traum: Ich komme aus einer Baracke heraus und sehe das große Lagertor vor mir mit der Aufschrift: „Arbeit macht frei." Hinter dem Tod und dem Stacheldraht sehe ich einen Hohlweg, der allmählich ansteigt. Rechts und links dieses Weges liegt eine zauberhaft grüne Wiese mit Bäumen, die eine Art Allee bilden. Die Bäume zur Rechten, wunderschöne und mannigfaltig große Blüten, wie ich sie noch nie gesehen habe. Die Bäume zur Linken, knallrote Äpfel, die so groß sind, daß man sie mit zwei Händen umfassen muß. Etliche Körbe sind mit diesen Äpfeln gefüllt. Ab und zu rollt ein Apfel in die satte, grüne Wiese.

Ich stehe vor dem Stacheldraht und sehe die goldene Freiheit vor mir. Dabei wird mir bewußt, daß ich sie nie erreichen kann. Verzweifelt schlage ich die Hände vor mein Gesicht und fange an zu weinen. Als ich wieder aufschaue, sehe ich eine Frauengestalt in wallendem, blauweißem Gewand den Hügel herunterkommen. Während sie die Mitte des Hohlweges erreicht, wird mir bewußt, daß es die Muttergottes ist. Sie kommt ganz nah an den Zaun heran, gibt mir mit der rechten Hand ein Zeichen, ich solle zu ihr kommen. Ich schüttle den Kopf und deute an, daß ich sie durch diesen Zaun nicht erreichen kann, da er mit Starkstrom geladen ist. In dem Moment berührt die Gestalt das Tor und sogleich fällt es zu Boden. Wie ein Reh springe ich über die Barriere und renne den Hohlweg hinauf. Dabei habe ich unendliche Angst, die SS-Leute könnten hinter mir sein.

Schließlich bin ich oben auf dem Berg angelangt und sehe vor mir eine wunderschöne Kathedrale. Ich verberge mich, knie in einer Bank nieder, sehe den Altar vor mir. Seitlich des Altars stehen zwei Betschemel. Auf einem dieser Schemel sehe ich die Muttergottes wieder. Sie lächelt mich an, steht auf, kommt mit einem dieser herrlich großen, roten Äpfel auf mich zu. Ich nehme ihn aus ihrer Hand und beiße hinein. Doch in diesem Augenblick werde ich wach. Ich befinde mich immer noch in der Sonderzelle – total zerschlagen. Phantasiere ich? Träume ich? Fängt der Himmel nun auch noch an, mich zu narren? –

Vier Wochen bin ich hier. Allmählich fange ich an zu gehen, indem ich mich an den Betten festhalte, die den Wänden entlang stehen. Es sind meine ersten Gehversuche. Täglich mache ich Fortschritte. Während ich hier niederschreibe, was mir damals, vor 40 Jahren durch den Kopf ging, steht mir mit grausiger Klarheit vor Augen, wie weit absolute Stille und Abgeschiedenheit einen jungen – in einer Sonderzelle eingeschlossenen und bis dahin ganz vernünftigen Menschen – bringen können. Soweit, daß er an seine Phantastereien glaubt und in den Luftschlössern, die sein blühender Geist mit unglaublich lebhafter Phantasie baut, leibhaftig zu leben wähnt. Aber was ist los mit dir? Du bist stark, du bist jung. Zwei Jahre werde ich ‚absitzen' und – keines mehr – das schwöre ich – dann haben die Nazis den Krieg verloren. Wahrhaftig, du fängst an zu phantasieren – die Stille des Alleinseins treibt mich fast zum Wahnsinn.

Der Lagerarzt, ein politischer Häftling, bringt mir abends etwas Brot und eine Zigarette. Dieses Brot tut mir ungemein gut – körperlich wie auch seelisch. Es ist ein Geschenk des Himmels, in diesem Lager einen Freund zu haben.

Wieder in Auschwitz

Jeden Tag geht es aufwärts. Schließlich ist es so weit. Der Lagerführer besteht darauf, daß ich mit dem Krankentransport nach Auschwitz gehe. Wieder in einer Reihe: eins, zwei, drei, vier. Als ich den Lagerkommandanten sehe, versuche ich, den Blick von ihm abzuwenden. Er zählt ab und bleibt bei mir stehen. „Und du", sagt er höhnisch, „kannst dich darauf verlassen, daß dir die Flügel gründlich gestutzt werden! Du fliegst uns nicht so schnell wieder davon." Ein unwiderstehliches Gefühl überkommt mich. Ich werde ihm die Augen auskratzen.

Aber ich darf mich nicht vergessen.

Einige Wochen sind wir nach Auschwitz unterwegs. In wenigen Tagen wird sich die Tür auftun. Man wird zu uns sagen: „Raus mit euch! Ein bißchen dalli, dalli!" Ich denke an meine Schwester, die meinetwegen halb totgeschlagen wurde. Ich lege mich auf den Boden und entfliehe in Gedanken aus dem Waggon: Ich bin zu Hause, wo ich oft mit meiner Freundin spazieren gegangen bin. Alle meine Bekannten sehe ich, Geschwister, Vater, Mutter, leibhaftig. Doch dieses „Bild" hält nicht lange. In Wirklichkeit fühle ich mich kraftlos und schwach. Ein schmerzliches Gefühl der Einsamkeit überkommt mich. Ich bin mehr tot als lebendig. Die Minuten schleichen dahin. Ach, Herrgott im Himmel, verschone die kleinen Kinder! Warum bestrafst du sie so sehr?

Im Waggon liegt eine alte Frau neben mir, krank und schwach.

„Kennst du mich nicht mehr?", sagt sie zu mir.

„Nein, woher denn?", sage ich.

„Du kennst wohl deine eigene Patin nicht mehr."

Ihr Gesicht strahlt soviel Güte aus. Ich schäme mich, sie nicht mehr erkannt zu haben.

„Daß ich dich noch einmal sehen darf, meine Tochter, ist für mich die schönste Belohnung, die Gott noch für mich bereithält."

Sie nimmt meine Hand in ihre Hände, zieht mich zu sich herunter und küßt mich auf die Stirn.

„Wir wollen zusammen beten", sagt sie. „Wie lange ist es her, seitdem wir uns nicht mehr gesehen haben?"

„Ich weiß es nicht mehr", antworte ich, „vier Jahre glaube ich schon."

Als ich meine Patin so leiden sehe, steigt in mir ein unbändiger Haß auf, und ich sage zu ihr: „Ich werde denen nie verzeihen, die dich hierher gebracht haben und dir so viel Leid angetan haben, ich denke Tag für Tag, Nacht für Nacht, Stunde um Stunde nach, womit ich all diese Leute töten könnte, du kannst mir glauben, daß meine Rache unbeschreiblich sein wird."

„Wir werden alle sterben, mein Kind, bete lieber für deine Seele und verzichte auf Rache, verzeih denen, die uns peinigen; denn sie wissen ja nicht, was sie tun."

„Nein, das kann ich nicht."

„Aber es wird eine Zeit kommen, da wirst du auf Strafe und Rache von selbst verzichten."

82

Heute, nach fast 40 Jahren, denke ich wie sie.

Ich denke, das alles ist wichtig für die Menschen, daß sie wissen, was wir ausgestanden haben. Ich habe ja meine Patin nicht mehr erkannt. Ich habe meine eigene Schwester nicht mehr erkannt. Erst als sie vor mir standen, als sie mir meinen Namen sagten. Ich wäre vorbei gegangen an meiner eigenen Schwester. Und das gleiche ist mir mit meiner Patin passiert.

Sie starb in meinen Armen.

Ich drückte sie an mein Herz und fing an zu beten: „Lieber Gott, warum läßt Du zu, daß diese Unmenschen meist in die Höhe schauen und nicht dieses unaussprechliche Leid sehen können, was zu ihren Füßen liegt. Die zahllosen Leiden alter Menschen und Kinder! Gott, gib mir Gelassenheit, Dinge hinzunehmen, die ich nicht ändern kann. Herr, nimm Du ihre arme Seele zu Dir, in Dein himmlisches Reich, Amen!"

Ich lege ein altes Tuch über das Gesicht meiner Patin. Irgendwo wird sie eingesammelt und zum Verbrennen weggebracht. Krankentransporte gehen immer durch das Krematorium. Auch Tote.

Wir waren ja ein Krankentransport. Wir hatten nur Fetzen an. Wir brauchten uns kaum mehr auszuziehen. Bei uns gab es nichts mehr zu verwerten. Wir waren für das Gas bestimmt.

Der Wettlauf gegen Tod und Wahnsinn geht weiter.

Es öffnet sich die Tür.

Ein Schrei der Verzweiflung. Es ist stockdunkel.

Keine Sterne sind am Himmel.

Wir müssen uns entkleiden und gehen alle nackt und barfuß. Ich versuche, die Entfernung bis zum Krematorium abzuschätzen. Ich sehe ungefähr 20 SS-Leute. Sie rufen und zeigen auf das Krematorium. Niemand regt sich, niemand sagt etwas.

Plötzlich fallen dicke Tropfen vom Himmel. Die Kinder verstecken sich hinter den Müttern. Sie fühlen, daß ihre Herzen sterben müssen. Wir gehen weiter und weiter und stehen fast vor dem Ofen. Was sich in wenigen Augenblicken abgespielt hat, ist so maßlos, so schlimm. Ich kann es einfach nicht schildern.

Seit vielen Jahren überlege ich, was Menschen dazu bringen konnte, Kinder über die Köpfe der Mütter hinweg in den Verbrennungsofen zu werfen und all die anderen Greueltaten.

Warum wurden Hitler, Göring, Goebbels, Himmler, Eichmann, Heydrich, Mengele u. a. so? Vielleicht hat das Elternhaus zu dem gestörten Verhältnis beigetragen. Wie mag das Verhältnis der Eltern zu ihren Kindern gewesen sein? Ob diese Menschen, die die Leute prügelten, zu Tode quälten, willkürlich erschossen, jemals Geborgenheit, Liebe erfahren haben?

Ob die Kinder nur gehorchen und Befehle ausführen mußten, selbst nicht denken durften? Wie ist der „Rutschbahneffekt" zu erklären, in den ein SS-Mann verstrickt war, wenn er erst Befehle ausführte und dann zur Bestie wurde, sein Fanatismus keine Grenzen mehr kannte? War es einfach ein Mangel an menschlicher Zuneigung, der in diesen Teufelskreis der Maßlosigkeit hineinführte? War es Ehrgeiz, Machtgier? Was bedeutet eine Idee, eine Ideologie, wenn sie nicht getragen ist von der Achtung, nicht begründet in der Liebe zum Menschen?

Wir stehen also vor den Duschen. Dahinter verbirgt sich die Gaskammer. Dann erwartet unseren Körper das Krematorium. Wir bekamen schon keine Handtücher mehr. Man brauchte sich schon nicht mehr zu tarnen.

Aber wir waren noch draußen. Wir hatten noch eine winzige Hoffnung.

Bis auf 15 sind inzwischen alle Frauen in den Gaskammern getötet worden. Sie werden mit Knüppeln hineingetrieben. Erst jetzt wird mir ganz deutlich, daß hier systematisch und in einem fast industriellen Verfahren Menschen in Massen getötet werden.

Wie ist das möglich, in diesem Land, das voller Kultur und Geschichte, voller Gefühl ist!? Während dieser Vernichtungsaktion, während wir noch warten, fährt ein SS-Mann mit einem Motorrad mit aufgeblendeten Scheinwerfern auf unsere kleine Gruppe zu. Er steigt ab, schaut mich prüfend an, packt mich am Arm und fragt, wieviel Häftlinge noch da sind.

85

Aber zunächst sage ich zu ihm, wir sind deutsche Zigeuner. Mein Bruder dient in der Wehrmacht, ist im Krieg. Vielleicht machen sie jetzt eine Ausnahme, denke ich. Der Lagerführer wechselt ein paar Worte mit den anderen.

Vor mir steht eine Mutter, eine polnische Zigeunerin mit zwei Kindern. Sie kann kein Deutsch sprechen. Sie kann kein Wort Deutsch. Vor mir fünf Frauen, die polnische Zigeunerin hinter mir.

Es gab ein Gedränge. Jeder möchte der Dusche und der Gaskammer entkommen. Und ich spüre plötzlich, wie ein Kind zwischen meinen Beinen steht. Ein kleines Mädchen, das kleine Mädchen dieser polnischen Zigeunerin. Als ich das Kind fühle, da spüre ich den Instinkt schon als Mutter, obwohl ich noch kein Kind geboren habe. Ich decke das Kind mit meinem Rock zu und sage ihm, obwohl es nichts versteht, bleib so stehen. Ich will es nicht mehr loslassen. Und es klammert sich fest an mich.

Ich dachte, dieses Kind muß überleben. Es braucht einen Schutz.

Und dann kam dieser SS-Mann aus Birkenau vom Zigeunerlager und fragte uns nochmals: „Seid ihr Deutsche?"

Und wir sagten spontan, ja. Und ich spürte das Kind zwischen meinen Beinen.

Und die anderen wurden mit Knüppeln hineingetrieben in die Dusche. Sie erwartete der sichere Tod. Die Wachmannschaften waren völlig betrunken, stanken nach Schnaps. Diese Situation kann ich einfach nicht mehr schildern. Aber heute höre

86

ich noch manchmal im Traum dieses Geschrei, dieses Weinen der Kinder nach ihrer Mutter. Und dann war auch die Mutter „meines" Kindes weg. Und da waren die Gaskammern, und da waren die Verbrennungsöfen, und davor wurde die Asche der Menschen ausgeleert, es erschien uns fast so hoch wie die Häuser, die wir früher bewohnt hatten.

Wir mußten diese Asche auf Lastwagen laden.

Ich habe das Kind noch bei mir. Es betrachtet mich als seinen Schutz. Ich bin seine Mutter. Aber es hat so ein erbärmliches kleines Gesicht, die Augen, die sind so groß. Alles war so starr. Es war keine Bewegung mehr da, kein Leben. Vielleicht war das Mädchen fünf oder sechs Jahre alt, aber klein und zierlich. Und es hat mit den Händen diese Menschenasche angepackt, es war ja so fleißig. Es wollte ja nicht, daß auch sie in die Dusche und ins Krematorium kommt. Und das Kind hat uns geholfen, mit den Händen diese Menschenasche auf Lastwagen zu werfen. Das alles sah aus wie Kieselsteine, und es roch noch nach Leichen. Und ich kam mir vor, als stünde ich im Wasser und müßte den Fluß aufhalten. Und gleichzeitig hatte ich das Gefühl, als stünde ich bis zu den Knöcheln im Urin. Es war entsetzlich. Aber wir standen dort die ganze Nacht. Dann dürfen wir ins Frauenlager zurück.

Aber Birkenau ist aufgelöst. Wir kommen nach Auschwitz. Und das Kind ist noch bei mir. Auschwitz war ja eine ehemalige österreichische Kaserne. Es gab keine Holzbaracken. Es ging uns besser. Wir

87

fanden ganz andere Decken vor. Zuvor hatte man uns die schmutzigsten Pritschen zugewiesen. Man deckte uns mit Pferdedecken zu, gab uns nur Wollfetzen.

Wir erhielten ein bißchen Suppe, aber es war keine einzige Kartoffel, es war nichts drin. Und das Kind war noch bei mir. Es war mein Kind. Ich war seine Mutter. Und wir lagen zusammen auf einer Pritsche und ich habe es gestreichelt. Es war ein Mädchen, und ich habe ihr erzählt, habe ihr Geschichten ins Ohr gesagt. „Jetzt möchte ich gerne einen so großen Knödel haben", sagte die Kleine, „einen so großen Knödel mit Fleisch, und Hühner, und alles mögliche." Und dann hat sie in ihrer Fantasie gekocht und sie hat so viel gegessen, die Kleine, das war unwahrscheinlich. Und wir waren ungefähr vier Wochen da. Vier Wochen war sie bei mir.

Und dann erfahren wir von einem bevorstehenden Transport. Mein kleiner Schützling mit den großen traurigen Augen mußte dableiben und war für immer verloren.

Wir kommen in ein Lager, das 15 Kilometer von Wittenberge an der Elbe entfernt ist. Zehn Tage leben wir bei Wasser und wenig Brot im Freien. Nach und nach werden wir Gruppe für Gruppe in Barakken eingewiesen.

Hunger, immer wieder Hunger. Als ich mir in der Küche ein paar Kartoffelschalen aus einem Abfalleimer besorgen will, steht plötzlich eine Aufseherin vor mir. „Aha", sagt sie, „du stiehlst also Kartoffelschalen."

88

Man zieht mich nackt aus, bringt mich in den Keller. Sie schlagen mit einem Ochsenziemer auf mich ein, zwei Tage lang. Die körperliche Schwäche läßt mich oft einschlafen, doch die Aufseherin jagt mich mit Fußtritten immer wieder hoch.

Die Bewachung wird immer strenger. Unaufhörlich folgt ein Wachmann dem anderen. An eine Flucht ist nicht zu denken. Ich kann nicht einmal ein paar Kartoffelschalen organisieren. Ich möchte am liebsten sterben, denke an Selbstmord.

Wir leben im Lager, arbeiten aber außerhalb. Während wir oft zwölf Stunden Zwangsarbeit verrichten, wechseln unsere Bewacher alle sechs Stunden. Oft müssen wir noch zwei Stunden auf den Appell warten, manchmal in strömendem Regen. Die Wachtposten sitzen dann am Fenster im Trokkenen und beobachten uns.

Wir sind unsäglich müde. Wenn wir stehend einschlafen, hetzen sie die Hunde auf uns oder sie schießen einfach in die Gruppe. Am Ende des Appells steht eine Suppe und eine Scheibe Brot.

Wenn ich abends in der Baracke liege, kreisen die Gedanken ums Essen. Ich höre die Gespräche, erfahre von den raffiniertesten Gerichten, verschwenderisch wird da gekocht, pfundweise Butter, Dutzende von Eiern, Sahne, das feinste Gemüse. Ganz allmählich verstummen die Gespräche. Nur meine Freundin und ich sind noch wach. Aber sie stört mich nicht, weil sie weiß, daß ich schweigen möchte. Schließlich versucht sie, mit mir ins Gespräch zu kommen: „Man sieht sogar den Mond. Kannst du ihn auch von deinem Platz aus sehen?"

„Ja", sage ich, „ich sehe lieber nicht hin. Er erinnert mich zu sehr an meine Flucht."

15 Frauen liegen in einem 20 Quadratmeter großen Raum, auf den rohen Brettern, und wir haben nur eine Decke. Oft liegen wir zu zweit im Bett, wärmen uns gegenseitig. Manchmal spricht eine Frau laut im Traum, ruft einen Namen. Alles ist ein großer Alptraum.

Ich war schon acht Monate hier im Lager. Eines Tages berieten die Frauen, wie sie einen Kessel Kaffee organisieren könnten. Eine Frau von etwa 27 Jahren schleppte einen der Kessel in die Baracke, und wir tauchten unsere Tassen hinein. Beim Appell fehlte der eine Kessel. Alle mußten auf dem Lagerplatz antreten. Die Baracken wurden durchsucht. Alle wurden geschlagen. Ich erhielt mit einem Knüppel einen solchen Schlag, daß ich drei Wochen lang nur mit äußerster Kraftanstrengung zur Arbeit gehen konnte. Um den Namen der Täterin zu erfahren, wurde ein Frau mitten auf dem Lagerplatz an einen Pfahl gebunden und gleichzeitig von zwei Aufsehern geprügelt. Aber die Frau verriet nichts, trotz der Zusicherung, die Schläge würden eingestellt, sobald sie den Namen sagen würde. Wenn sie das Bewußtsein verlor, mußten wir Mitgefangenen sie mit kaltem Wasser überschütten. Die Folter ging weiter, bis sie starb. Keiner wagte, auch nur einen Finger zu rühren. Ich starrte einige Minuten auf die totgeschlagene Frau und beneidete sie fast. Ich betete ein Ave Maria.

90

„Ein Fresser weniger"

Einen Monat später kam ein neuer Lagerführer. Sein Gesicht sah dämonisch aus, seine hellen Augen wirkten gläsern, seine Haut war aschgrau. Wir nannten ihn Geier. Zu einer älteren Frau sagte er eines Tages: „Knie nieder und sprich ein Gebet. Du mußt jetzt sterben." Die Zigeunerin, etwa 70 Jahre alt, kniet nieder und schlägt das Kreuz. Dann wird sie mit einem Schuß aus der Pistole niedergestreckt. Sein Kommentar: „Ein Fresser weniger." Tief befriedigt geht er davon.

Aber was ist für ein Unterschied zwischen denen, die genauso sinnlos an der Front sterben müssen und uns? Vielleicht wissen die gar nichts von der Todesmühle Auschwitz und von anderen Lagern.

Aber der Tag rückt heran, an dem ich mich entscheide.

Ich bitte den Vorarbeiter in meiner Fabrik, der sogar sein Brot mit mir geteilt hat, um eine Isolierzange. Er legt sie unter meinen Arbeitstisch und berichtet mir gleichzeitig, daß ab Mitternacht der elektrische Strom im Lagerzaun abgeschaltet werde. Ich habe nur noch einen Gedanken: Flucht.

Ich warte auf eine günstige Stunde. Zwei Tage später sehe ich, daß nur zwei Aufseher Dienst tun. Während sie die Runde machen, schneide ich den Draht durch, bin in der Freiheit. Es ist Mitte April. Ich habe Angst, denn ich muß die Elbe durchschwimmen. Meine Flucht wird nicht entdeckt. Am Morgen weckt mich der Donner der heranrückenden Front, nachts schleiche ich in die Felder, ernähre mich von Zuckerrüben. Plötzlich steht ein Mann in Uniform vor mir. Ich falle auf die Knie, flehe ihn an: „Bringen sie mich nicht um, haben sie Erbarmen mit mir."

„Aber ich will sie doch gar nicht töten, ich weiß, daß sie aus dem KZ geflohen sind. Ich will ihnen helfen."

„Sie wissen also, daß ich ein KZ-Häftling bin?"

„Ja."

Er entschließt sich, mich aufzunehmen. Ich bin halbtot vor Müdigkeit, bin immer noch mißtrauisch, ob der Mann mich nicht nur täuschen will.

So bin ich aus der Tiefe der Hölle, in die ich gestoßen wurde, wieder zum Licht heraufgestiegen. Jetzt muß ich alle meine Kräfte aufbieten, um die letzte Etappe zu gewinnen. Heute ist ein Sonntag für mich. Das Glück kommt zu mir wie im Traum.

Sieben Wochen lang lebe ich in seinem Haus. An einem Sonntagmorgen sehe ich zwei russische Offiziere. Ich bitte sie ins Haus. Mit meinem geschorenen Kopf und der KZ-Nummer auf dem Arm bin ich leicht als KZ-Häftling zu erkennen.

Wir umarmen uns, weinen. Sie sprechen russisch, ich deutsch. Aber wir können uns durch Gesten unsere Gefühle mitteilen. Durch Zeichensprache kläre ich die beiden Offiziere darüber auf, daß ich in diesem Hause Schutz fand. Endlich kann ich etwas für meine Retter tun.

Ich erhalte Ausweispapiere, und trotzdem fühle ich mich in diesem Augenblick unsäglich einsam und verloren.

Seit Jahren habe ich keine Nachricht mehr von meinen Angehörigen. Wo sind sie? Ob sie noch leben? Wohin kann ich gehen?

Erst sehr viel später erfahre ich, daß fast meine ganze Familie ins Gas geschickt wurde.

Epilog

Heute noch, nach über 50 Jahren, denke ich an das kleine polnische Mädchen. Vielleicht waren es die staubgewordenen Überreste seiner Mutter, die mir damals das kleine Mädchen mit ihren zarten Händen emsig auf die Schaufel legte?

Wie schrecklich war doch die Sprachlosigkeit dieser Kinder, die dazu verurteilt waren, mehr zu ertragen, als sie verkraften konnten!

Welch stummer Schmerz quellte sie, die dazu gezwungen waren, tief in ihrer Seele eine Wunde, ein schweres Leid zu verbergen, das für sie ohne Ende war?

Weiterleben nach dem Nullpunkt

Der Krieg ist aus

Nach dem Ende des Krieges war Philomena Franz in einer Musikergruppe, die aus Sinti bestand, die für die amerikanische Besatzungsarmee spielte. Sie bekamen Geld, sie bekamen ein Auto – und sie bekamen Benzin. Die Amerikaner hatten sie gern. „Für sie waren wir eine Art europäischer Wilder Westen. Und wir wollten mal an etwas anderes denken", sagt Frau Franz heute.

Aber immer wieder holte sie die Vergangenheit ein, wenn jemand aus der Gruppe traurige und schwere Musikstücke spielte. Dann weinen sie alle.

Für Eisenhower und de Gaulle

Die Gruppe spielte für General Eisenhower in seinem Hauptquartier in Ansbach, ebenso für General de Gaulle in Tübingen. Sie spielte in Nürnberg, in Straubing. Sinti, die man zufällig traf, machten mit. „Kannst du spielen, komm doch in unsere Kapelle ..."

Frau Franz sang amerikanische Schlager. Ihr Bruder war Jazz-Geiger.

Es war die Zeit des Tauschhandels, der amerikanischen Zigaretten, der Freude, sich irgendwo richtig satt essen zu können. Nachkriegszeit.

Frau Franz heiratete nach dem Krieg. Sie verließ die russische Besatzungszone, auf der Suche nach ihren Brüdern. In Bamberg lernte sie dann ihren Mann kennen. Seine erste Frau war in Auschwitz, zusammen mit ihren vier Kindern, getötet worden. In der gleichen Zeit, in der der Vater an der Front kämpfte.

Auch ihr Mann war Zigeuner, war Musiker. Er war zwölf Jahre älter. 1946 wurde die erste Tochter geboren, Toska. Und dann kamen noch vier Söhne.

Im Jahr 1949 war die erste Etappe dieses Musiker-Wanderlebens beendet. Die Familie Franz kam nach Köln. Die zwei Jahre vorher, von 1947 bis 1949, bezeichnet Frau Franz als relativ frei und unbeschwert. Niemand habe gefragt: Bist du Zigeuner?

Dies alles änderte sich mit der Währungsreform. Es entstanden wieder die besonderen Formen der Macht in der Gesellschaft und damit wuchs die Diskriminierung.

96

Das Autohaus

Damals war das Haus der Familie das Auto. Ein Ami-Schlitten, wie man damals die großen Wagen nannte. Die Betten waren hinten im Kofferraum. Nirgendwo war die Familie bei einem Einwohneramt gemeldet. Keiner nahm sie auch auf. Frau Franz und ihre Familie bekamen so auch nicht die 40,– DM Kopfgeld, die damals jedem Deutschen zustanden. Sie hatten nichts.

„Wenn mein Mann damals nicht kaufmännisch sehr begabt gewesen wäre, wir wären verhungert", sagt Frau Franz. Er ging buchstäblich von Haus zu Haus, verkaufte irgendetwas, Kleiderstoffe, was es eben gab. Der eigentliche Besitz war nur das Auto und das Wenige an Hausrat, das die Familie Franz von Amerikanern geschenkt bekommen hatte.

Abends wurden die Sitze ausgeklappt, die Betten gerichtet.

Das war im Sommer vielleicht noch schön, aber im Herbst und Winter wurde es bitter kalt. Und dann ging Frau Franz zu den Leuten, bat um eine kleine Ecke, wo sie die Betten für sich und die Kinder aufschlagen konnte. Viele sagten: „Kommen sie nur, schlafen sie bei uns in der Küche." Und dann waren sie glücklich, wenn sie dort ein riesengroßes breites Bett ausbreiten konnte. Und morgens ging es dann raus, weiter.

Eine Polin und eine Waschküche

Bis 1954 war die Familie Franz meist zwischen Köln und Limburg an der Lahn unterwegs. Frau Franz lernte dann in Köln eine Frau kennen, eine Polin, deren Mann Deutscher und Kohlenhändler war. Diese Polin stellte ihr im Hof die Waschküche zur Verfügung. Dort wurde auch später ein Ofen eingebaut. Dort erhielt Frau Franz zum ersten Mal wieder ein richtiges Brett, das ihr Mann schnitzte. Sie konnte ihre Töpfe und Tassen aufstellen. Ihr erstes Zuhause war nach ihrer Heirat also eine Waschküche. Die Polin organisierte ein Sofa. Ein kleiner Kocher kam dazu. Später ein Herd. Die Frau, ihr Name war Wanda, ließ ein großes Fenster in die Wand schlagen, und Frau Franz sagt: „Jetzt waren wir natürlich erst einmal Menschen." Die Kinder konnten in der Wohnung der Frau baden. Denn die Frau vergötterte die Kinder. Wenn Frau Franz wegging, sagte sie, „Philomena, gib mir die Kinder ...". Die Kinder waren sauber, aber manchmal wirklich in Lumpen gekleidet. Die Sozialhilfe wurde ihr verweigert, weil die Familie an dem verlangten Stichtag nicht in Köln gewohnt hatte.

Aber langsam ging es aufwärts. Die Familie zog innerhalb der Stadt Köln mehrmals um. Herr Franz verkaufte Antiquitäten. 1960 bekam Frau Franz zum ersten Mal 3500 DM Haftentschädigung. Unterlagen waren nicht mehr da. Die internationale Suchstelle in Arolsen schrieb, man könne nichts finden. Auch die ganzen Agenturvermittler für Künstler hatten keine Unterlagen mehr. Es war einfach nichts mehr da. Das meiste durch die Bombenangriffe vernichtet. Erst sehr viel später erhielt Frau Franz dann Bescheid, auch ihre KZ-Nummer wurde bestätigt: 10550. Also Z-10550.

Ihr Mann wollte mit all dem nichts zu tun haben. Er sagte immer zu ihr: „Man glaubt ja nicht einmal, daß wir Zigeuner im Lager waren. Und wenn wir etwas bekommen, dann ziehen sie es dem kleinen Mann ab."

Alpträume

Frau Franz hatte Depressionen, wußte es aber nicht. Jede Nacht Alpträume. Sie schrie auf, sie rannte aus dem Schlafzimmer, aus dem Haus. Im Traum erschienen ihr die schweren Stiefel ihrer Bewacher. Die Gesichter der SS-Männer waren in diesem Traum noch häßlicher als sie sie in der Wirklichkeit erlebt hatte, grausam, verzerrt, wie Monster. Jahrelang diese Träume.

Fast drei Monate war Frau Franz im Krankenhaus. Sie hatte zu Hause die Gardinen von den Fenstern weggerissen, weil sie ihr das Gefühl gaben, hinter Gittern zu leben. Auch ihr Mann und ihre Kinder litten unter dieser schweren Krankheit. Wenn sie Angstzustände hatte, nahm ihr Mann sie in die Arme. „Ich brauchte ihn. Ich mußte ihn haben, denn ohne diesen Schutz hätte ich mich nie mehr geborgen und beschützt gefühlt."

Die Folgen der fürchterlichen Eindrücke, die Folgen der Lagerhaft wagt Frau Franz heute schon kaum mehr zu schildern, ohne daß sie davon erneut ergriffen wird. Sie ging wirklich auf die Straße, und die Kinder schrien dann: „Mama ist weg, die Mama ist weg ..."

In einer Klinik kam sie wirklich zu sich, konnte über ihre Leiden sprechen. Die Ärzte halfen ihr. Über diese Zeit sagt Frau Franz heute: „Ich weiß nicht, wie lange das gedauert hat. Ich glaube, eine ganze Woche habe ich nur geweint. Ich habe geweint, konnte keinen Menschen ansprechen. Und dann habe ich langsam gesprochen und immer mehr. Es kam wie ein Wasserfall. Ich mußte über meine Leiden sprechen. Und ich schrieb in dieser Phase der Loslösung von der Depression auch meine Leiden nieder. So ist es zu verstehen, daß ich gesagt habe, ich habe dieses Manuskript unter Tränen und auf den Knien geschrieben." Dann war der Druck weg. Sie weinte nur noch. Und langsam wurde alles besser.

Als ihr Mann starb, im Jahre 1975, hatte sie erneut einen Rückfall. Wieder war Frau Franz in der Klinik. Die Diagnose: schwere Depressionen. Und dann kam die Eröffnung des Arztes, daß sie Zeit ihres Lebens in ärztlicher Behandlung bleiben müsse.

Nachdem der Film „Holocaust" in die deutschen Wohnzimmer gekommen war, begann erneut ihr Kampf um die Entschädigung. Ihr Mann wollte ja nie etwas davon wissen. Aber sie lief von einem Gericht zum anderen, immer wieder psychiatrische Untersuchungen und schließlich entschied das Oberlandesgericht Düsseldorf auf 50prozentige Berufsunfähigkeit aufgrund der Leiden im Konzentrationslager.

Eigentlich müßte es mehr sein, sagt Frau Franz. Aber zugleich meint sie, die Menschen haben wenigstens den guten Willen gezeigt. Sie bekam eine Nachzahlung von 15000.– DM und eine Rente.

Von der Nachzahlung sah sie keinen Pfennig.

Die Summe, die als „Wiedergutmachung" deklariert wurde, kassierte gleich das Sozialamt. Ihr Mann war vor seinem Tod monatelang krank gewesen, und schließlich hatte Frau Franz um öffentliche Unterstützung gebeten. Diese wurde dann wieder eingezogen, sozusagen verrechnet.

Das nennt man heute Wiedergutmachung, sagt Frau Franz, die von einigen hundert Mark Rente lebt.

Vor einigen Jahren hat sie „Zigeunermärchen" geschrieben, liest in Schulen und hält Vorträge. Dies alles, um Verständnis für die Kultur der Zigeuner zu wecken.

Frau Franz ist heute seßhaft, lebt in Rösrath bei Bensberg. Hinter ihrem Haus steht ein Campingwagen. R. L.

Der Bericht eines Opfers

Nachwort von Reinhold Lehmann

Das ist der Bericht von Frau Franz, der Zigeunerin Philomena Franz. Mit dem Ende des Dritten Reiches hat sie ihr Manuskript abgeschlossen. Ich glaube ihr, daß sie diese Aufzeichnungen niedergeschrieben hat auf Knien, auch unter Tränen.

Als ich das Manuskript bekam, wollte ich noch mehr wissen, wollte Frau Franz kennenlernen und fuhr zu ihr nach Bensberg-Rösrath bei Köln. „Ein Zigeunerleben", das geht doch weiter. Und man erfährt, daß Frau Franz nach dem Krieg, nachdem der Krieg aus war, den Mut hatte, fünf Kinder auf die Welt zu bringen.

Aber so einfach ist das nicht. Da bleibt schon etwas zurück von einem solchen Leben: Da gibt es den Haß, da gibt es die Ängste, die Schreie in der Nacht, die Depressionen, das abgrundtiefe Erschrecken über alles, was man erlebt hat.

Frau Franz ist ein Opfer der Nazi-Herrschaft, eine von Millionen von Opfern, aber ein Opfer, das überlebt hat.

Es war nicht nur ihre Zigeuner-Natur, die ihr zum Überleben half. Nicht nur ihr Glaube. Es war auch der Zufall. Sie nennt es Vorsehung. Manchmal holte der Tod alle aus dem Güterwagen. Wenige konnten ihm von der Schippe springen.

Warum hat Frau Franz dieses Buch geschrieben?

Ich glaube, sie hat es sich von der Seele schreiben müssen. Sie mußte beim Schreiben ein Stück weit mit ihrem Leiden fertig werden, das sie wie wir alle immer verdrängen wollte, das aber immer wieder kam, das immer wieder kommt, gegen das es letztlich keine Tröstungen und keine Tabletten gibt.

Letztlich ist dieses Buch ein Appell an uns, diese wenigen Zigeuner, die es bei uns noch gibt, als Menschen, als Brüder anzunehmen. Frau Franz liebt ihr Volk, ihr Volk vom Stamm der Sinti oder vom Stamm der Roma. Und alle, die wegen ihrer Rasse, ihrer Herkunft diskriminiert wurden.

Frau Franz sagt: „Wenn es keine Zigeuner mehr gibt, dann gibt es keine Freiheit mehr." Man sollte über einen solchen Satz nachdenken. Denn wir alle wissen zu wenig von den Zigeunern. Es gibt zu wenig Menschen, die Zigeuner verstehen, die sich für sie einsetzen, die den Mut haben, sich dafür zu engagieren, daß Gesetze geändert werden, die der Geist des Nationalsozialismus geschaffen hat.

Die Zigeuner lieben die Geselligkeit. Wenn sie Besuch bekommen, geht es lauter zu. Dann beschweren sich die Nachbarn, dann kommt die Polizei. Man hat sie zu integrieren versucht, man wollte ihnen außerhalb der Städte und Dörfer besondere Plätze zuweisen. Und es gab nur wenige Menschen, die wußten, was Hitler und seine Helfershelfer ihnen angetan haben. Viele Zigeuner sind noch nicht entschädigt worden. „Es gibt soviel Diskriminierung und so viele falsche Meinungen über uns Zigeuner", sagt Frau Franz. „Wir stehlen

104

zum Beispiel keine Kinder, denn wir haben genug Kinder." Und immer wieder hört sie bei ihren Lesungen an den Schulen: „Aber meine Oma, meine Mutter hat gesagt, geh nicht zu den Zigeunern, die stehlen Kinder und nehmen dich mit ..."

Die Zigeuner lehnen es auch ab, daß man ihnen feste Lagerplätze zuweist, daß man sie auf Campingplätze zwingt, auf eigens dafür eingerichtete Plätze, nur für Zigeuner.

„Das Grundgesetz gibt jedem Menschen das Recht, frei zu leben", sagt Frau Franz, „aber uns wird dieses Recht verwehrt." Selbst die Menschen, die sich entscheiden, Zigeuner auf ihrem Gelände aufzunehmen, werden von der Polizei verfolgt. Wenn die Stadt oder das Dorf es nicht will, kann niemand sie aufnehmen. Sie selber können nicht entscheiden, auch nicht ihre Gastgeber, ob da ein Wagen steht oder nicht.

Wer versteht es schon, wenn die Sinti sagen: Warum soll ich auf den Zigeunerplatz? Ich bin doch ein freier Mensch! Ich fahre dahin, wo es mir gefällt, wo ich hin will. Frau Franz hat es selbst viele Male erlebt. Und sie erfährt es immer wieder im Gespräch mit anderen Zigeunern. Die Zigeuner sind im Mittelalter auf der Flucht vor Muslimen aus Indien geflüchtet. Sie waren nicht arm. Sie waren auch keine Nomaden. Aber ihre Haut war dunkel. Ihr Aussehen war anders.

Die Menschen hatten Angst, sie würden durch sie verhext. Das genügte, um sie zu verfolgen. Sie waren vogelfrei. Jeder konnte sie umbringen. In harten Wintern, das wird aus den Zigeuner-Erzäh-

105

lungen deutlich, sind die Kinder erfroren, weil ihnen nicht mal ein Stall oder eine Scheune geöffnet wurde. Obwohl viele Geld und Gold anboten, man gab ihnen nichts zum Essen. Frau Franz erwähnt in diesem Fall das Beispiel der Mütter und Kinder von Äthiopien.

Trotz allem haben die Zigeuner ihren Stolz bewahrt, den Glauben erhalten, die Kultur gepflegt und immer die Hoffnung, sie kämen in ein anderes Land, in dem sie es besser hätten. Und doch blieben die meisten innerhalb der Grenzen, wenigstens vor dem Krieg der Grenzen Europas und fanden immer wieder Menschen vor, nicht nur in Deutschland, die sie diskriminierten, die ihre Türen vor ihnen verschlossen.

Der Glaube gab ihnen die Kraft, ihr schweres Schicksal zu meistern.

Sonst hätte auch Frau Franz ihren Holocaust nicht überlebt. Kultur, das hat mit Bildung zu tun. Kultur, das hat mit Umgang von Mensch zu Mensch zu tun. Auch mit Umgang der Generationen untereinander. Frau Franz erzählt von der Hochachtung der Zigeuner vor älteren Menschen – wir können daraus nur lernen. Zigeuner schlagen ihre Kinder nicht. Niemand wird gezwungen, gegen sein Gewissen etwas zu tun.

Weil das alles so ist, fragte ich Frau Franz, was nach dem Kriege kam. Eine Frau kommt aus dem Lager zurück, nachdem sie Lagerhaft und Folter und Flucht überstanden hat und steht vor dem Nullpunkt.

Manchmal erinnerten mich die Fragen, die ich

106

Frau Franz zu ihrem Schicksal stellte, an Gespräche, die ich mit einem polnischen Freund führte, der mehr als einmal in seinem Leben in einem weißen Hemd aus dem Gefängnis heraus geholt und zur Scheinerschießung geführt wurde. Einer, der vor dem Tod steht und ins Leben zurückkehrt, kennt Wahrheiten ... Wahrheiten, die uns alle angehen.

Wenn heute, über 45 Jahre nach dem Zweiten Weltkrieg, noch solche Bücher herauskommen, dann geschieht dies deshalb, weil die Opfer nicht vergessen werden dürfen. Aber auch nicht die Erwartungen der Menschen, die überlebt haben – und die nicht mehr lange über ihre Erfahrungen berichten können. Dann werden sie auch zu denen zurückkehren, die zu Opfern geworden sind, zu ihren Angehörigen, die es plötzlich 1945 nicht mehr gab.

Weil es Hitler gab. So einfach ist das. Und zugleich so maßlos traurig.

Um so schlimmer ist es, wenn aus der jüngeren Generation, die diese Zeit nicht mehr erlebt haben, junge Nazis hervorkommen. Junge Nazis, die die Opfer dieser Menschen lächerlich machen. Im Gegensatz zur Behandlung der Zigeuner gibt es keine Gesetze, die diesem Treiben Einhalt gebieten.

Das ist das Komische in diesem Staat, in dieser Bundesrepublik Deutschland. Deshalb ist dieses Buch ein politisches Buch, obwohl es dem Leser vielleicht im ersten Augenblick gar nicht erscheint. Immerhin, es stellt uns Fragen, auch 45 Jahre nach der Befreiung des Lagers Auschwitz und anderer Massenvernichtungslager.

Vom Vorurteil zum Massenmord: Die nationalsozialistische Verfolgung der „Zigeuner"

Von Wolfgang Benz

Als Symbol ungezügelten Freiheitsdranges, temperamentvoller Folklore und sinnenfroher Ungebundenheit sind „die Zigeuner" den deutschen Bürgern lieb und wert. In dieser Gestalt sind sie – nach dem Motto „Lustig ist das Zigeunerleben" – als romantische Gestalten in Lied und Operette, auf Ölbildern und in der Trivialliteratur Gegenstand bürgerlicher Sehnsüchte und Bewunderung. In ihrer realen Existenz sind die Sinti und Roma dagegen Objekte der Abneigung und der Furcht; sie gelten seit je als gefährlich und „asozial", als wesensmäßig kriminell und als grundsätzlich nicht erziehbar.

Solche Klischees werden festgeschrieben. Darüber hinaus gab man sich mit den „Zigeunern" keine weitere Mühe. „Zigeunerangelegenheiten" gehörten in die Zuständigkeit der Polizei, und die begnügte sich in der Regel damit, Angehörige des fahrenden Volkes, wenn sie in ihrem Gebiet auftauchten, möglichst umgehend weiterzuweisen. Die Behörden von Gemeinden, Städten und Ländern in Deutschland waren seit dem Kaiserreich von 1871 bis zum Machtantritt der Nationalsozialisten 1933 darin einig, daß man „die Zigeunerplage" am besten dadurch bekämpfte, wenn man „die Zigeuner" zur Seßhaftigkeit erziehe und dadurch in die deutsche Gesellschaft integriere. Das wurde immer wieder öffentlich besteuert. Man war sich aber darin einig, daß die „Zigeuner" immer irgendwo anders, keinesfalls in der eigenen Gemeinde angesiedelt werden sollten.

Die Schikanen gegen Sinti und Roma in Deutschland wurden nach 1933 zunächst in gewohnter Weise fortgesetzt: überhöhte Mieten und schlechte Ausstattung von Lagerplätzen (und Wohnungen), Polizeirazzien, plötzliche Auflösung der Plätze und Ausweisung aus dem Stadtgebiet, Restriktionen bei der für die Berufsausübung unerläßlichen Ausstellung von Wandergewerbescheinen. Allmählich entwickelte sich dann unter dem Einfluß der NSDAP eine Tendenz zur Ghettoisierung, viele große Städte richteten lagerartige Plätze ein, die teilweise bewacht und mit Stacheldraht umzäunt waren, die immer elend gelegen waren, oft gar an tabuisierten Orten wie in der Nähe von Friedhöfen oder bei Kläranlagen.

Dann verschlechterte sich die Lage der Sinti und Roma auch in rechtlicher Hinsicht, in der Folge der Zentralisierung der Polizei und mit der Durchsetzung der Rassenpolitik im gefestigten NS-Regime. 1938 wurde im Reichskriminalpolizeiamt eine „Reichszentrale zur Bekämpfung des Zigeunerunwesens" gebildet. Heinrich Himmler, in dessen Zuständigkeit als „Reichsführer SS und Chef der deutschen Polizei" die Sinti und Roma geraten waren, verfügte am 8. Dezember 1938, daß

110

die „Regelung der Zigeunerfrage aus dem Wesen dieser Rasse heraus" erfolgen müsse, und zwar auf der Grundlage der „durch rassenbiologische Forschungen gewonnenen Erkenntnisse". Die notwendigen Unterlagen hatten Wissenschaftler der Kriminalpolizei zu liefern. Unter der Leitung eines Dr. Robert Ritter waren dies die Mitarbeiter der „Rassenhygienischen Forschungsstelle" des Reichsgesundheitsamtes.

Diese Wissenschaftler gingen mit großer Gründlichkeit vor, erstellten für die Kripo ausführliche Expertisen, die auf genealogischen Recherchen und anthropologischen Untersuchungen beruhten. Im Ergebnis wurden die Betroffenen in Kategorien eingeteilt, in „Zigeuner" und „Zigeunermischlinge" (mit den Unterabteilungen „mit vorwiegend zigeunerischem" bzw. „vorwiegend deutschem Blutanteil"). Das hatte einen praktischen Zweck, denn die ganze „Rassenhygiene" diente ja der Aussonderung derjenigen, die man als unerwünscht und minderwertig vernichten wollte.

Die Polizei und ihre wissenschaftlichen Helfer hatten aber nicht im Alleingang der Minderheit der Sinti und Roma den Vernichtungskrieg erklärt. Die Ausrottung „der Zigeuner" gehörte zu den erklärten rassenpolitischen Zielen des Regimes. Dafür steht als ein Beweis unter vielen der Brief des Reichsjustizministers Thierack an den Chef der Parteikanzlei der NSDAP, Martin Bormann, vom Herbst 1942: „Unter dem Gedanken der Befreiung des deutschen Volkskörpers von Polen, Russen, Juden und Zigeunern und unter dem Gedanken der

Freimachung der zum Reich gekommenen Ostgebiete als Siedlungsland für das deutsche Volkstum beabsichtige ich, die Strafverfolgung gegen Polen, Russen, Juden und Zigeuner dem Reichsführer SS zu überlassen. Ich gehe hierbei davon aus, daß die Justiz nur in kleinem Umfange dazu beitragen kann, Angehörige dieses Volkstums auszurotten. Zweifellos fällt die Justiz jetzt sehr harte Urteile gegen solche Personen, aber das reicht nicht aus, um wesentlich zur Durchführung des oben angeführten Gedankens beizutragen. Es hat auch keinen Sinn, solche Personen Jahre hindurch in deutschen Gefängnissen und Zuchthäusern zu konservieren, selbst dann nicht, wenn, wie das heute weitgehend geschieht, ihre Arbeitskraft für Kriegszwecke ausgenutzt wird."

Vorausgegangen war diesem Brief eine Konferenz, bei der Himmler am 18. September 1942 mit dem Staatssekretär des Justizministeriums in Anwesenheit hoher SS-Führer die Linie künftiger Strafpraxis bei „Fremdvölkischen" diskutierte. Himmler hatte mit Polizei und SS die Instrumente des Terrors zur Durchsetzung der extremsten Ziele des Regimes in Händen. Nach seiner Vorstellung sollten für einige Personengruppen gar nicht mehr Justiz und Gerichte zuständig sein. Geplant war die „Auslieferung asozialer Elemente aus dem Strafvollzug an den Reichsführer SS zur Vernichtung durch Arbeit. Es werden restlos ausgeliefert die Sicherungsverwahrten, Juden, Zigeuner, Russen und Ukrainer, Polen über 3 Jahre Strafe, Tschechen oder Deutsche über 8 Jahre Strafe nach

112

Entscheidung des Reichsjustizministers". Die zuständigen Stellen – die Gauleiter der NSDAP in den eingegliederten Ostgebieten sowie der Reichsminister des Innern und der Reichsostminister – befürchteten, daß der Arbeitswille und die Rekrutierung von polnischen, russischen, ukrainischen Fremdarbeitern dadurch gefährdet würden. Sie protestierten dagegen – auch wegen der möglichen Wirkungen in der Feindpropaganda. Doch sie protestierten dagegen nur, soweit es Polen und Russen betraf, die „Abgabe der Strafverfolgung gegen Juden und Zigeuner" hielten auch sie für richtig und wünschenswert. In der Praxis bedeutete das, daß die Sinti und Roma völlig der Willkür von Polizei und SS ausgeliefert waren.

Aber auch schon lange vor Himmlers Erlaß, in dem die „Bekämpfung der Zigeunerplage" auf rassistischer Grundlage angekündigt war, wurden Sinti und Roma verfolgt und – ab Frühjahr 1938 – in „Schutzhaft" in Konzentrationslager eingewiesen. Als Vorwand wurde der traditionelle Vorwurf, sie seien „asozial", angeführt; als Indiz dafür galt, keine „geregelte Arbeit" nachweisen zu können. „Schutzhaft", d. h. Freiheitsentzug im KZ ohne Rechtsverfahren und ohne zeitliche Begrenzung war das gegen Minderheiten, Kritiker und Regimegegner meist angewandte Mittel im NS-Staat. Gegenüber den Sinti und Roma plädierten viele aber schon frühzeitig für noch drastischere Maßnahmen. So schrieb 1939 ein österreichischer Nationalsozialist, der Landeshauptmann der Steiermark, an den Chef der Reichskanzlei, den

Reichsminister Lammers: „Aus volksgesundheitlichen Gründen und weil die Zigeuner nachgewiesenermaßen erblich belastet und ein Volk von ausgesprochenen Gewohnheitsverbrechern sind, die als Schmarotzer in unserem Volkskörper nur ungeheuren Schaden anrichten, muß man vorerst an die Verhinderung ihrer Vermehrung herangehen und die Lebenden im Rahmen eines Arbeitslagers einer gestrengen Arbeitspflicht unterwerfen."

Das war eine Forderung nach Sterilisation, wie sie in der Folgezeit häufiger erhoben und auch praktiziert wurde. Die „starke Vermehrung der Zigeuner" wurde immer wieder als Argument angeführt, und der logische Schluß daraus schien die Unfruchtbarmachung der unerwünschten ethnischen Gruppe zu sein. Das wird auch im Brief eines Grazer Oberstaatsanwalts aus dem Jahr 1940 deutlich, in dem die Sterilisierung aller Roma im Burgenland angeregt wurde: „Die Zigeuner leben fast ausschließlich vom Betteln und Stehlen. Die Betätigung als Musiker ist mehr ein Deckmantel denn ein wirklicher Erwerb. Ihr Vorhandensein ist eine außerordentlich starke Belastung für die ehrlich arbeitende Bevölkerung, besonders für die Bauern, deren Äcker sie plündern; eine Belastung, die bei der außerordentlich starken Vermehrung der Zigeuner trotz großer Kindersterblichkeit von Jahr zu Jahr wächst. Noch größer ist die Gefahr für die Rasse der burgenländischen Bevölkerung. Die Masse der Zigeuner, die schon äußerlich eher an afrikanische oder asiatische primitive Völker erinnert, ist rassisch minderwertig, vor allem geistig und sittlich, während sie körperlich von außerordentlicher Widerstandsfähigkeit sind, da die aus der großen Kinderzahl Überlebenden unter den härtesten Lebensbedingungen aufwachsen. Eine Vermischung mit diesem sittlich und geistig minderwertigen Volk bedeutet notwendigerweise einen Abstieg im Werte der Nachkommen. Die Vermischung wird aber begünstigt einerseits dadurch, daß die jungen Zigeuner von besonderer geschlechtlicher Aggressivität sind, andererseits die Zigeunermädchen geschlechtlich zügellos sind. Diese Umstände bleiben auch bestehen, wenn ein Großteil der männlichen Zigeuner in Arbeitslagern untergebracht wird."

Der Zweite Weltkrieg, der am 1. September 1939 mit dem deutschen Überfall auf Polen begann, diente dem nationalsozialistischen Regime als willkommener Hintergrund, vor dem sich die geplante Vernichtung der unerwünschten Minderheiten durchführen und notfalls der Öffentlichkeit gegenüber motivieren ließ. Am 2. September 1939 wurde das „Umherziehen von Zigeunern und nach Zigeunerart wandernden Personen" im Grenzgebiet des Deutschen Reichs verboten, das ließ sich ohne Mühe als Kriegsmaßnahme erläutern, und am 17. Oktober 1939 befahl das Reichssicherheitshauptamt – das war die Zentrale der Kriminalpolizei, der Gestapo und der Sicherheitspolizei –, daß „Zigeuner und Zigeunermischlinge" ihren Wohn- oder Aufenthaltsort nicht mehr verlassen durften.

Mit diesem „Festschreibungserlaß" begann die

115

letzte Stufe der Verfolgung. Den lokalen Polizeibehörden war die Aufgabe übertragen, die Sinti und Roma zu zählen (deshalb waren sie zur Seßhaftigkeit verpflichtet worden) und nach Kategorien der Rassenpolitik und der „vorbeugenden Verbrechensbekämpfung" zu klassifizieren. Ende September 1939 war nämlich beschlossen worden, die auf deutschem Boden vermuteten „30.000 Zigeuner" wie die Juden zunächst nach Polen zu deportieren. Die Vertreibung der Unerwünschten ins gerade eroberte und unterworfene Polen war wiederum der erste Schritt zur Vernichtung: In den Ostgebieten, die wie Kolonien beherrscht und behandelt wurden, konnte der geplante Massenmord besser getarnt werden, Rücksichten auf die Zivilbevölkerung erschienen dort nicht so nötig.

Am 16. Mai 1940 begann die organisierte familienweise Deportation von Sinti und Roma aus dem Gebiet des Deutschen Reiches. Himmler hatte am 27. April den Kriminalpolizeileitstellen Hamburg, Bremen, Köln, Düsseldorf, Hannover, Frankfurt und Stuttgart befohlen, in ihrem Gebiet lebende Sinti und Roma zu verhaften und in Sammellager zu bringen; von dort aus wurden Transporte zusammengestellt, deren Ziel das Generalgouvernement, das besetzte Polen, war. Diese Aktion, der etwa 2800 Menschen – ein Zehntel der in Deutschland lebenden Sinti und Roma – zum Opfer fielen, war eine Art Generalprobe zum Völkermord. Das Reichssicherheitshauptamt in Berlin hatte Quoten bestimmt, je 1000 aus den Bereichen Hamburg und Bremen bzw. Köln, Düsseldorf und Hannover, 500 aus Frankfurt und Stuttgart. Die Auswahl der Familien im einzelnen blieb den örtlichen Kripostellen überlassen. Sie stützten sich dabei auf die „rassebiologischen Gutachten" der Experten des Reichsgesundheitsamtes, die vor Ort bei der Auswahl der zu Deportierenden halfen. Von drei Sammellagern (Hohenasperg, Köln und Hamburg) aus wurden die Familien mit Sonderzügen der Reichsbahn nach Polen transportiert und dort in verschiedenen Lagern mit schwerster Zwangsarbeit – Kinder und Greise, Kranke und Gesunde gleichermaßen bis zu vierzehn Stunden täglich – gequält.

Am 16. Dezember 1942 erließ Heinrich Himmler, der Herr über die Konzentrations- und Vernichtungslager, einen Befehl, der die letzte Station der mörderischen Serie von Diskriminierungen und Verfolgungsmaßnahmen gegen Sinti und Roma einleitete. Das Reichssicherheitshauptamt arbeitete die Ausführungsbestimmungen aus. Am 29. Januar 1943 wurde verfügt: „Auf Befehl des Reichsführers-SS vom 16. Dezember 1942 ... sind Zigeunermischlinge, Róm-Zigeuner und nicht deutsch-blütige Angehörige zigeunerischer Sippen balkanischer Herkunft nach bestimmten Richtlinien auszuwählen und in einer Aktion von wenigen Wochen in ein Konzentrationslager einzuweisen. Dieser Personenkreis wird im Nachstehenden kurz als ‚zigeunerische Person' bezeichnet. Die Einweisung erfolgt ohne Rücksicht auf den Mischlingsgrad familienweise in das Konzentrationslager Auschwitz. Die Zigeunerfrage wird in den Alpen- und Donaugauen durch besonderen Erlaß geregelt. Die künftige Be-

117

handlung der reinrassigen Sinte- und der als reinrassig geltenden Lalleri-Zigeuner und -Sippen bleibt einer späteren Regelung vorbehalten."

Unter Geheimhaltung wurden die Betroffenen familienweise verhaftet, ihr Eigentum mußten sie zurücklassen, Ausweispapiere, Geld, Wertgegenstände wurden ihnen „abgenommen" – also geraubt. Über Gefängnisse und Zwischenlager kamen diese Menschen nach Auschwitz-Birkenau, in ein abgegrenztes Areal dieses Vernichtungslagers, wo sie unter entsetzlichen Umständen lebten. In Zeugenaussagen heißt es: „Wenn es regnete, war alles durchnäßt, und die Häftlinge steckten bis zu den Knien im Schlamm. Die Zigeuner haben sofort bei ihrer Ankunft gemerkt, was los war. Die Krematorien waren ja in der Nähe. Da haben sie ihre Kleinkinder unter den Röcken versteckt oder in Decken gewickelt."

Die Gefangenen waren wieder rassenkundlichen „Forschungen" ausgeliefert, auch dem berüchtigten KZ-Arzt Mengele, der viele von ihnen zu pseudowissenschaftlichen Experimenten mißbrauchte. In einer Nacht Anfang August 1943 wurde das ganze „Zigeunerlager" Auschwitz liquidiert. Ein Augenzeuge berichtete im Frankfurter Auschwitzprozeß (1964) darüber: „Fürchterliche Szenen spielten sich ab. Frauen und Kinder lagen vor Mengele und Boger auf den Knien und riefen: „Erbarmen, erbarmen Sie sich!" Es hat alles nichts genützt. Sie wurden brutal zusammengeschlagen und getreten und auf die Lastwagen gestoßen. Es war eine fürchterliche, grausame Nacht ... Die Geschlagenen blieben reg-

118

los liegen und wurden auf die Lastwagen geschmissen."

Insgesamt fielen dem nationalsozialistischen Terror mehr als eine halbe Million Sinti und Roma zum Opfer, sie wurden ermordet ohne die geringste Schuld. Sie waren Opfer uralter Vorurteile, die in kaltem Haß, in tödlicher Feindschaft gegen eine Minderheit einen entsetzlichen Höhepunkt fanden. Es ist notwendig, diese Vorurteile zu erkennen und zu benennen, denn sie wirken immer noch. Das Ende des NS-Staats brachte mit dem Ende der Verfolgung keineswegs auch das Ende der Diskriminierung, und an Entschädigung und Wiedergutmachung dieser Opfer dachte nach 1945 lange Zeit niemand. Den Sinti und Roma fehlte zur Durchsetzung entsprechender Forderungen nicht nur die Interessenvertretung, sondern auch das Verständnis der Öffentlichkeit. Dafür gibt es viele Beweise, nur einige sind im folgenden angeführt.

Eine medizinische Dissertation, vorgelegt in Gießen im Jahre 1937 und folgendermaßen betitelt „Studien an zwei asozialen Zigeuner-Mischlingssippen", charakterisiert einen „lumpen-proletarischen Halb-Zigeuner" mit so ziemlich allen negativen Attributen, die im NS-Staat verfügbar waren: „Vagabund und Hausierer. Ehemaliger Fürsorgezögling. Geistig beschränkt. Kommunistischer Hetzer, arbeitsscheu, unsauber. Heiratete als Zwanzigjähriger eine Witwe und hat bis heute mit ihr fünf Kinder."

In diesem Zitat, das auf den ersten Blick nur lächerlich wirkt, spiegelt sich bürgerlich-deutsche

Spießerideologie ebenso wie nationalsozialistische Rassenpolitik. Das traditionelle Vorurteil gegen eine Minderheit verbindet sich mit dem Vernichtungswillen des NS-Staats gegen „Fremdrassige" und „Asoziale"; und Wissenschaftler, wie Mediziner und Anthropologen, ließen sich zu Hilfsdiensten bei der Verfolgung herbei. Die doppelte Ausgrenzung der Sinti und Roma im Zeichen der nationalsozialistischen Rassenpolitik machte ihre Situation vollkommen heillos, denn „Zigeuner" waren als „fremdrassig" von vornherein und prinzipiell als minderwertig gebrandmarkt. Darüber hinaus waren sie als „Asoziale", als Lumpenproletarier, Vagabunden und Diebsgesindel stigmatisiert. Hinzu kam, daß sie mehr als andere verfolgte Minderheiten ganz auf sich selbst angewiesen waren, auf noch weniger Mitleid und Solidarität Nicht-Verfolgter zählen durften als selbst die deutschen Juden, denen ja auch keineswegs reichliche Hilfe von nichtjüdischen Regimegegnern oder schlicht anständig und aufrecht Gebliebenen zuteil wurde. Wenn also das Regime wenigstens anfangs Rücksicht nehmen mußte auf das bißchen Solidarität mit Verfolgten, so durften bei der Schikane, Drangsalierung und Verfolgung der Sinti und Roma die nationalsozialistischen Machthaber des Beifalls der Mehrheit gewiß sein.

Und deshalb erlegten sich die Vollstrecker bei der Diskriminierung, Ausgrenzung und Verfolgung auch viel weniger Zwang auf gegenüber der Öffentlichkeit als bei Juden, „Ernsten Bibelforschern" und anderen Gruppen, wo mit Vorwänden, Sprachrege-

120

lungen, Tarnbegriffen operiert wurde, um die tatsächlichen Absichten zu verschleiern.

Als das Lager Berlin-Marzahn errichtet wurde, in das im Sommer 1936 etwa 600 Sinti und Roma aus dem Berliner Raum zwangsweise verschleppt wurden, berichtete die „Tempelhofer Zeitung" über das „Ende der Zigeunerherrlichkeit" mit deutlichem Behagen. Die von der Polizei eskortierte Deportation ging mitten durch Berlin, die Einzelheiten konnten alle, die sie nicht sahen, der Zeitung entnehmen, „der Aufzug in Tempelhof lehrte es deutlich, daß die Zigeuner jetzt eine härtere und zupackendere Hand zu spüren bekommen", hieß es, und damit werde man nun endlich „von einer Plage befreit, gegen die man früher immer vergeblich die Hilfe der zuständigen Behörden angerufen hatte", schließlich sehe man „mit Freuden", daß der Freiheit der Zigeuner „jetzt ein Ende gemacht worden ist".

Die Zustände im Lager Marzahn waren entsetzlich, sie ähnelten der Situation im KZ, die hygienischen Bedingungen waren kläglich, die Sterblichkeit entsprechend hoch. Drei Wasserstellen und zwei Toilettenanlagen gab es für bis zu 1000 Menschen auf dem „Rastplatz Marzahn". Aber es sollte noch ärger kommen, Marzahn war für die meisten eine Station auf dem Weg nach Auschwitz. Eine halbe Million Sinti und Roma aus ganz Europa ist schließlich dem Mordprogramm der nationalsozialistischen Rassenideologie zum Opfer gefallen.

Der „Rastplatz Marzahn", wie die Einrichtung amtlich hieß, war tatsächlich ein Konzentrationslager, auch wenn der elektrisch geladene Stacheldraht fehlte. In einer Beziehung war Marzahn sogar noch schlimmer als Dachau oder Oranienburg oder Buchenwald: Marzahn hatte, wie die meisten anderen Zwangslager für Sinti und Roma der NS-Zeit, keine Rechtsgrundlage; die Internierung in Marzahn erfolgte auf Initiative kommunaler Behörden in Kooperation mit Dienststellen der NSDAP. Den Betroffenen hätte es freilich egal sein können, ob ihre Drangsalierung auf allerhöchsten oder hohen Befehl, auf Anordnung einer Stelle der NSDAP oder einer Reichsinstanz, erfolgt war; aber für die Frage der Entschädigung und „Wiedergutmachung" des erlittenen Unrechts war es von eminenter Bedeutung, in wessen Auftrag Freiheitsberaubung und Zwangsarbeit, Existenzverlust und Gesundheitsschaden verursacht worden waren. Tatsächlich haben aus solchen formalen Gründen die meisten Sinti und Roma des Lagers Marzahn keine Entschädigung erhalten oder erst zu einem skandalös späten Zeitpunkt.

Aber waren es nur formale und juristische Gründe, mit denen die Verfolgung einer Minderheit in Deutschland ignoriert wurde? Die volle Wahrheit ist noch viel schlimmer, denn sie bestand und besteht in der stillschweigenden Übereinkunft, die „Zigeuner" seien zu Recht verfolgt worden. Die Ausnützung uralter Vorurteile zur Stigmatisierung der Angehörigen einer nicht assimilierten kulturellen Minderheit ist ein über den Zusammenbruch des NS-Staates hinaus fortwirkendes Verbrechen. Noch im Jahr 1956 kam der Bundesge-

122

richtshof zu folgendem Schluß: „Die Zigeuner neigen zur Kriminalität, besonders zu Diebstählen und zu Betrügereien. Es fehlen ihnen vielfach die sittlichen Antriebe zur Achtung vor fremdem Eigentum, weil ihnen wie primitiven Urmenschen ein ungehemmter Okkupationstrieb eigen ist."

Mit solcher Argumentation hatte man schon im Kaiserreich das „Zigeunerunwesen" bekämpft. Auch in der Methode war man nach 1945 weder originell noch erfinderisch. Die Kommunalpolitiker knüpften einfach an den wenig frommen Lügen ihrer Vorväter an und redeten von der notwendigen Seßhaftmachung des fahrenden Volkes: Aber keine Stadt, keine Wohnungsbaugesellschaft, kaum ein privater Vermieter will tatsächlich menschenwürdige Wohnungen zur Verfügung stellen. Die Ränder der Städte bleiben so die unwirtlichen Orte, an denen Sinti und Roma oftmals zur Nichtseßhaftigkeit gezwungen sind. Und überhaupt, wie läßt sich das Vorurteil der Nichtseßhaftigkeit noch begründen in einer Nation, deren Bürger zu den Weltmeistern im Reisen gehören, in der auch die Spießer die Reize des Campinglebens in vollen Zügen genießen. Aber wenn die deutschen Sinti und Roma die Reiselust packt, verweigert man ihnen wie schon zu Zeiten der Urgroßeltern die Rastplätze, verwehrt man ihnen den Zugang zu Campingplätzen. Wenn sich die Stadtväter irgendwo schon schweren Herzens herbeilassen, einen Standplatz zu gewähren, dann ist er in aller Regel der Lage nach bewußt scheußlich und in diskriminierender Umgebung gelegen, primitiv ausgestattet. Ist das Verlangen nach Rastplätzen, die wenigstens den sanitären Standard schlichter Campingplätze haben, wirklich so unbillig? Wären solche Einrichtungen nicht nützlicher und leicht zu realisieren? Muß man an die Gebote von Humanität und Hygiene in einer der reichsten Gesellschaften der Erde nach Auschwitz wirklich immer noch mit Demonstrationen erinnern?

Allem Anschein nach ja, wie der Blick in die Presseberichterstattung lehrt. Immer noch durchzieht die Sprache der alte Jargon, der auf die Kriminalisierung der Minderheit abzielt. Die Intoleranz, die sich aus Vorurteilen nährt, bestätigt sich immer wieder aufs neue, wenn Bürgerrechte verweigert werden, die dann eingeklagt werden müssen. Solche Klagen dienen dann wiederum als neuer Scheinbeweis für die Aggressivität und Bedrohlichkeit der an den Rand gedrängten Minderheit.

Zwei Grundmuster des Vorurteils gibt es immer noch bei uns, das eine besteht in der romantisierenden Verklärung des ungebundenen „Zigeunerlebens", und auf die so erzeugten Operettenklischees wird dann mit Neid und Mißgunst reagiert. Das andere ist die immerwährende Unterstellung kriminellen und asozialen Verhaltens. Beide Vorurteilsmuster dienen dazu, die Betroffenen als Fremde auszugrenzen und die Anerkennung der Realität zu verweigern, der Realität nämlich, daß die deutschen Sinti und Roma deutsche Bürger sind, mit eigenen Gebräuchen, Sitten und kulturellen Traditionen, die niemanden bedrohen und gegen deren Tolerierung es kein vernünftiges Argument gibt.

124

Die Diskriminierung vollzieht sich aber nicht nur in verbalen Floskeln wie der vom „aggressiven Betteln", sie reicht bis in die Reihen der Gutwilligen, die von der Minderheit mehr verlangen, als man von der Mehrheit verlangen kann und darf, nämlich politische Einheit und die Abwesenheit von Meinungsverschiedenheiten innerhalb der Gruppe. Daß die Bürgerrechtsbewegung der Sinti und Roma immer wieder Aufmerksamkeit erzwingen muß durch spektakuläre Aktionen, durch Demonstrationen und Hungerstreiks in ehemaligen Konzentrationslagern, auf der Straße oder in Kirchen – das spricht nicht gegen diese Minderheit, das spricht gegen die Mehrheit.

Märchen

Der Große Bär

*E*s war einmal eine alte Mammy (Großmutter), sie lebte in einem kleinen Wohnwagen und mitten im Wald. Wie bei allen Sinti, war der Kindersegen groß, und wie es üblich unter ihnen war, erzählte die Mammy vor dem Schlafengehen ihren Enkelkindern stets eine Geschichte oder ein Märchen.

Die Sonne ging allmählich zuneige. An jenem Abend ließ sich ein zarter Tau nieder und glänzte im Mondschein wie silbern. Und der Geist Gottes wachte über die Natur und sowohl auch über die Erneuerung des Körpers und Geistes.

„Meine Kinder", sagte die Mammy, "denkt stets daran, dass die Farbe des Frühlings die Farbe der Reinheit ist. Für uns Sinti ist dies die Zeit, in der alles frisch und neu ist, in der wir den Himmel in einem einzigen Tautropfen erblicken können und Stunden damit verbringen, die Schönheit einer Apfelblüte zu betrachten. Allein der Anblick einer Drossel, die in dem Gipfel eines Baumes sitzt und fröhlich ein Lied singt, verrät uns sehr viel von der Liebe, die der Schöpfung von Anfang an Kraft verliehen hat." Und so begann die Mammy, das Märchen von dem Großen Bären zu erzählen.

Vor langer Zeit, als die Tiere noch miteinander und mit dem Menschen reden konnten, als der Geist Gottes noch unter den Menschen weilte, und die Natur noch in Ordnung war, da lebte einst eine große Sinti-Familie. Sieben Kinder hatten sie, und sie waren eine recht vergnügte Familie. Wie alle Sinti liebten sie die Natur über alles. Es war Nacht, und das Lagerfeuer loderte in der Dunkelheit. In jener Nacht sangen die Sinti ihre schönsten Lieder, und der Mond am Himmel hüpfte zum Gesang mit. In der Ferne hörten sie die Kirchturmuhr die zehnte Stunde schlagen. Da sah der Vater plötzlich eine große dunkle Gestalt auf das Lagerfeuer zukommen. Und als die Gestalt näher kam, erkannte er einen mächtigen Bären. „Seid gegrüßt, Großer Bär, war führt Euch hierher?" „Hm", sagte der Bär, "mein Freund, ich hörte auf einmal eine helle liebliche Stimme, und ich dachte mir, wer mag da wohl singen? Als ich näher kam, sah ich euch, Sinti." „Ach", sagte er, „ich möchte auch so wundervoll singen können wir ihr, und darum möchte ich euch alle bitten, mir das Singen beizubringen." Der Stammeselteste nickte freundlich und erwiderte: „Ihr erweist uns zwar eine große Ehre damit, aber Singen ist eine Gabe Gottes, und wenn Ihr den Allmächtigen um diese Gnade bittet, dann wird er sie Euch ganz gestimmt gewähren."

Nun, wie sollte es denn anders sein, der Bär und die Sinti waren in dieser Nacht so fröhlich und ausgelassen wie noch nie zuvor. Es war ein heiteres Lärmen und Lachen und Fröhlichsein, das weit in die finstere Nacht hinausschallte.

Der Große Bär bat Gott nun in Gedanken, er möge ihm doch auch so eine schöne Stimme verleihen, damit er alle Tiere herbeirufen könne. Gott der Allmächtige erhörte sein Flehen und ließ ihm diese große Gnade zuteil werden. Plötzlich fing der Große Bär auf einmal an zu singen, und er konnte ein Lied schöner singen als das andere. Die Sinti waren alle von der Stimme des Großen Bären begeistert, und sie riefen immer wieder: "Weiter singen, weiter singen!"

In jener Nacht war es doch schon recht kühl geworden. Das Lagerfeuer ging auch allmählich zuneige. „Nun Großer Bär", sagte der Stammeselteste, „jetzt habt ihr eine wunderschöne Stimme für Euer ganzes Leben. Und ich glaube, jetzt ist es an der Zeit, Lebewohl zu sagen." Beide nahmen sich in die Arme und wünschten sich viele glückliche Jahre.

128

Von nun an gab Gott dem Bären nicht nur eine gute Stimme, sondern auch Weisheit und Kraft, und es hieß sogar, dass er mit seiner Kraft jede Schwalbe, die sich am Himmel zeigte, einfangen und zur Erde herunterholen konnte. Außerdem hieß es, dass er, wenn er einen bestimmten Laut ausgestoßen hatte, alle Tiere aus dem Wald herbeirufen konnte. Dieser Bär war so mächtig und groß, dass alle Tiere eines Tages beschlossen, ihm gut und gerne zuzuhören.

Um zu den Tieren sprechen zu können, musste er ein ganz großes Podium bauen, das groß genug war, um all die anderen Tiere, die er zu einem Gespräch einladen wollte, sehen zu können. Weiterhin musste er, bevor er die Gespräche führen wollte, ein Dankesopfer darbringen.

Es war an einem wunderschönen Frühlingstag, die Sonne schien klar und warm, die Vogelschar in den Lüften war nicht zu müde für einen kleinen Zweikampf, und wie es schien, machte es den Eindruck, dass sie es zu ihrem Vergnügen taten. Ihre getragene Melodie sangen sie in flüssigen Läufen.

An jenem Frühlingstag beschloss nun unser Bär, seinen Vortrag zu halten. Er traf sämtliche Vorbereitungen, die alle Tiere ihm aufgetragen hatten. Sie alle nahmen seine Einladung an, und als dies beendet war, und die Gnade des Allmächtigen Gottes über sie kam, gingen sie alle nach Hause mit dem

Gefühl, dass sie durch das Vernehmen dieser Worte des Großen Bären eine besondere Gnade erhalten hatten.

Aber mit der Gnade, die ihm Gott-Vater verliehen hatte, wurde der Große Bär ganz und gar nicht fertig. Anstatt jeden Morgen Gottes Gnade zu erbitten, sagte er frech: „Ich bin der mächtigste aller Tiere." Gott im Himmel schaute dem Großen Bären eine Weile geduldig zu in der Hoffnung, dass sich der Große Bär wieder an seine Anweisungen erinnern würde. Aber nichts dergleichen geschah. Im Gegenteil, Große Bär wurde immer dreister, und dies verursachte eine sehr schlechte Stimmung im Rat der Tiere, in dem der Große Bär stets der größte und der stärkste gewesen war. Denn er hatte ja schließlich diese Stellung inne, weil er stark war und immer weise Entscheidungen für seine Brüder und Schwestern getroffen hatte. Nein, das Gegenteil war jetzt der Fall. Er plünderte das Paradies und machte die Schöpfung zu Geld.

Eine große Traurigkeit überkam sie, denn er hatte das Gesetz der Einheit vergessen, nach dem er zu leben hatte. Schon die geringfügigsten Anlässe lösten bei ihm Streit und Uneinigkeit aus. Er betrachtete seine Macht und Fähigkeiten, die ihm Gott gegeben hatte, als seinen persönlichen Besitz.

Hass und Gier schienen jetzt sein Leben zu bestimmen. Im darauf folgenden Frühling beschloss Große Bär, seinen Schwestern und

130

Brüdern zu sagen, dass *Er* von nun an auf dieser Erde die Macht habe, und sich um die Millionen Pflanzen, Tierarten und um die Menschen nicht mehr zu kümmern brauche. Nein, er wollte nun nicht mehr Treuhänder der Schöpfung sein und dachte sogar, dass er dem Herrgott jetzt keine Rechenschaft mehr schuldig ist.

Und dieses Mal lud er alle Vögel und Tiere ein, um Zeuge seiner Macht zu werden. Er stimmte sein Lied im tiefsten Wald der Umgebung an, putzte und streichelte sein Fell. Plötzlich schoss ein Blitzstrahl aus einer Wolke heraus und ging in dem Augenblick, als er die Spitze seiner Pranke berührte, in einem Flammenball auf, um ebenso plötzlich mit dem Bären zu entschwinden, bevor irgendeinem der anderen Tiere ein Leid zugefügt wurde. Sie alle schauten verwundert um sich und trauten ihren Augen nicht.

Großer Bär aber fand sich selbst im Himmel, vor dem Schöpfer aller Dinge. „Großer Bär!" sagte der Himmelskönig, „Jahrtausende lange lebten Menschen und Tiere zusammen – miteinander und voneinander, wie meine Schöpfung es vorsah. Ich, Gott der Herr aller Dinge, pflanzte den Garten Eden und setzte Menschen und Tiere hinein. Jetzt warst Du dabei, den Garten Eden zu zerstören. Du warst zu überheblich und hast die wirkliche Quelle Deiner Kraft aus den Augen verloren. Weil Du die Menschen und die Tiere so sehr beleidigt hast, wirst Du ihnen ab heute dienen. Damit aber Deine Eitelkeit nicht wieder überhand nimmt, wirst Du den Menschen und Tieren als Sternbild am Himmelszelt den rechten Weg zeigen. Geh nun hin und diene denen, die Du verletzt hast."

Seitdem umkreist der Große Bär Nacht für Nacht die Himmelskuppel. Mensch und Tier sehen zu ihm auf. Von der Zeit an kann der Große Bär die ihm von Gott verliehene Kraft nicht mehr missbrauchen.

Sonnegei

Als Sonnegei geboren wurde, lag ihre Mutter krank danieder. In der Luft war ein Summen und manchmal zärtliche Melodie. Das leise Summen tat ihr gut. Ihre Lippen versuchten, der Angst einen Namen zu geben, doch die Angst war namenlos. Manchmal schrie sie vor Schmerzen: "Was ist denn nur mit mir? Warum diese Dunkelheit, warum gehorchen mir meine Glieder nicht mehr?" Sonnegeis Mutter fühlte eine Hand auf ihrer heißen Stirn; sie lag auf dem Rücken, und dann spürte sie einen Druck im Körper.

In diesem Moment gebar sie ein Mädchen. Und dann war völlige Dunkelheit, denn vor ihren Augen senkte sich ein grauschwarzer Schleier. Von nun an spürte sie keine Schmerzen mehr, denn sie starb bei der Geburt ihrer kleinen Tochter.

Mit Tränen in den Augen wickelte die Mammy dies kleine Menschenkind in Windeln und gab ihr den Namen Sonnegei (das heißt in unserer Sprache „Sonne"). Die Mammy war von Herzen eine gute Frau. Sie hatte ein süßes, kleines Gesicht voller Runzeln, ähnlich einem Apfel, den man im letzten Herbst auf dem Baum vergessen hat. Sonnegei wurde von der Mammy sehr verwöhnt.

Mit der Zeit war sie mit 35 Jahren schön, schlicht und formvollendet. Sonnegeis Mammy war sehr stolz auf ihre Enkelin. Was

133

Mammy aber seit einiger Zeit nicht entgangen ist, dass Sonnegei eine ganz besondere Kraft in Ihren Händen hatte, die ihr angeboren war, und deshalb konnte sie viele Menschen und Tiere gesund machen.

Nun, es war nach langer Zeit an einem schönen Sommertag. Der Himmel war klar, und die Luft war weich wie Seide. Sonnegei war an jenem wunderschönen Tag sehr fröhlich und summte leise ein altes Zigeunerlied vor sich hin. Dieses Lied ging so: „Durch die bunten Felder, durch die grünen Wälder will ich immer wandern in die Ferne." Während Sonnegei vor sich hinträllerte, hüpfte die bunte Vogelschar um sie herum, denn zu damaliger Zeit konnten die Vögel noch nicht fliegen, aber einer konnte schöner singen als der andere. Ein so schönes Wunschkonzert hätte man sich an jenem schönen Sommertag nicht besser wünschen können!

Plötzlich wurde es still, denn Sonnegei sah von weitem einen Mann auf sich zukommen. Als dieser Mann näher kam, erkannte sie, dass es ein Vogelhändler war. „Guten Tag, schönes Kind! Schau mal, was ich hier für dich mitgebracht habe!" Sonnegei war entsetzt, als sie einen kleinen Vogel in dem Käfig eingesperrt sah. Es packte sie eine unbändige Wut, und blitzschnell riss sie dem Vogelhändler den Käfig aus der Hand und befreite die Nachtigall. Dies war aber noch nicht alles, denn Sonnegei ließ den

Vogelhändler schrumpfen, nahm ihn und sperrte ihn in den Käfig ein. Sonnegei konnte es, weil sie von der Sonne, als sie geboren wurde, eine besondere Gnade erhalten hatte, denn sie konnte mit dieser Kraft schlechte Menschen kleiner werden lassen, aber auch viele Menschen heilen.

Der Vogelhändler jammerte und weinte. „Nun", sagte Sonnegei, „wie ist es denn, wenn man die Qual, die man anderen zufügt, am eigenen Leibe fühlt?" Er versprach Sonnegei sogar, alle Vögel zu befreien, die in den Käfigen eingesperrt sind, und sie solle ihm doch noch ein einziges Mal die Freiheit geben. Sonnegei hatte Mitleid mit dem Vogelhändler, ließ ihn frei und wieder seine frühere Gestalt und Größe annehmen.

Der Tag neigte sich, und die bunte Vogelschar hüpfte fröhlich nach Hause. In jener Nacht erschien vom fernen Horizont der Mond zuweilen wie ein Nebelbild. Sonnegei hatte in dieser Nacht einen seltsamen Traum.

Sie träumte von bunten Blumen, von grünen Wiesen und von Vogelgeschrei. Es kamen aber auch in jener Nacht seltsame kleine Wesen zu ihr, die so winzig klein mit bunten, gläsernen Flügeln waren. „Sonnegei", flüsterten sie ihr ins Ohr, „wir werden dir jetzt noch viel mehr Kraft geben, als du innehast. Jeder Finger von dir, Sonnegei, hat jetzt die Kraft der Sonne. Wenn du sie in der Dunkelheit ausstreckst, werden sie leuchten und strahlen wie die Sonne am Himmel für alle Menschen und Tiere." Jeder einzelne Finger hat eine besondere Heilkraft, die jene fliegenden Geschöpfe ihr enthüllten; sie sagten ihr aber auch, dass sie in der Lage sein würde, Mensch und Tier gesund zu erhalten, solange sie lebe.

So ließ Sonnegei ihren Mitmenschen ihre unverminderte Freundlichkeit zukommen. Jedoch eines Tages schien es sie immer mehr anzustrengen, ihre Kraft durch die Finger fließen zu lassen, denn sie spürte, dass die Zeit gekommen war, den nächsten Teil ihrer Aufgabe zu erfüllen. Im Laufe der Zeit hatte sie bemerkt, dass die farbenprächtige Vogelschar immer in ihrer Nähe war, wenn sie auf ihrem Lager ruhte. Einer von ihnen setzte sich auf ihre Hand. „Schwester", sagte der bunte Vogel, „mein Volk war stets dabei, wenn du deine heilenden Kräfte zur Anwendung gebracht hast. Nun, da du bald eingehst in die Ewigkeit, wissen wir nicht, wie wir den Samen der Blumen und Bäume den Menschen zutragen können, denn wir sind an die Erde gebunden, und die Menschen schauen nur allzu selten zu Boden. Liebste Sonnegei, gib uns die Kraft, fliegen zu können, damit wir um die der Heilung Bedürftigen herumflattern können und ihnen den Samen der Heilung zukommen lassen."

Sonnegei gab dem Vogel ihr Versprechen, es zu versuchen. Sie bat ihn, auf ihre Botschaft

136

zu warten. Am nächsten Morgen erwachte der schöne, bunte Vogel. Als er sie sanft mit dem Schnabel berührte, um sie an ihr Versprechen zu erinnern, antwortete sie nicht. Er richtete sich auf, blickte ihr ins Antlitz und bemerkte, dass sie in jener Nacht in die Ewigkeit verschieden war.

Während man den Körper der Sonnegei in ein kühles Grab legte, und die Trauergäste sich anschickten, Erdreich darauf zu schütten, hörte der bunte Vogel eine Stimme sagen: „Setze dich auf meine Schulter; wenn die Erde uns bedeckt, wird mein Körper sterben. Mein Geist aber wird mit dir verschmelzen, und zusammen werden wir aus der Erde herausfliegen. Danach wirst du zu deinem Volk hinkehren und sie das Fliegen lehren, so dass die Arbeit, die ich begonnen habe, von deinem Volk fortgesetzt werden kann und den Menschen stets Güte, Glück und Heilung gebracht wird. Wenn deine Zeit gekommen ist, ins Reich des Geistes hinüberzuwechseln, werde ich auf dich warten und mich wieder mit dir vereinen."

Seit jener Zeit hat es immer in der Nähe der Menschen bunte Vögel gegeben, die dank ihrer Schönheit den Menschen stets Freude gebracht haben.

Als Malona und ihr Mann unsterblich wurden

*E*s war einmal ein kleines Dorf, das an einem bewaldeten Abhang eines herrlichen Gebirges nistete. Vor vielen hundert Jahren hatte es sich an einem Morgen oder an einem Abend dort niedergelassen. Niemand hätte zu sagen vermocht, wann das war. Frau Natur, die zu seiner Taufe erschienen war, legte ihm die schönsten Augenblicke in die Wiege. Es war die weite Ebene und die zahlreichen Berge, deren Gipfel sich wie Wellenspitzen vom Blau des Himmels abhoben. Außerdem beschenkte sie es mit Häusern, die mit Kletterrosen geschmückt waren, Vögeln und mit tausend bunten Blumen. In der Tat, ein sehr schönes Geschenk.

Dieses kleine Dorf nahm zu an Alter und Weisheit. Seine Sommer dufteten wie der Frühling, und wenn der Wind im Winter nämlich Lust hatte, dann zupfte er an den Wolken und entfederte sie zum Vergnügen der Kinder. Bei jedem kleinen Anlass tanzten Alt und Jung bis in den frühen Morgen auf dem Dorfplatz. Der Fluss floss dahin, und die Frösche, die darin wohnten, waren ja für Euphorie empfänglich, denn sie quakten selig im Rhythmus der Musik.

Ob die Jahre nun gut oder weniger gut waren, die Jahreszeiten webten am Gewand der Zeit dieser Menschen, deren Leben nicht mehr in Geborgenheit und Gewissheit verlief.

Damals starb, wie es so sein sollte, der König, und von der Zeit an regierte ein schrecklicher Machthaber. Er versetzte die ganze Welt in Angst und Schrecken, denn die Art, wie er seine Mitmenschen verfolgte, ließ das ganze Land erbeben. Für ihn waren sie so gleichgültig wie die Pfirsichblüten auf dem Baum.

Das ganze Dorf war in heller Aufregung. Viele Bewohner versammelten sich auf dem Marktplatz, darunter auch Lischka. Als Lischka die schlimme Kunde vernahm, eilte er so schnell wie er konnte zu seiner Mutter, die am Ende des Dorfes ein kleines Haus mit Garten besaß. Sie war nicht reich, aber zufrieden mit ihrem Dasein.

Lischka brachte nun seiner Mutter die schlimme Kunde: „Stell dir vor, Mutter, wenn der Machthaber erfährt, dass wir hier wohnen, glaube mir, dann ist für uns hier die schöne Zeit vorbei!" „Ach Lischka'", schmunzelte die Mutter, „mach dir doch keine Sorgen, wir haben nun doch wirklich nicht viel, wir sind arme Leute. Also sei wieder fröhlich, mein Sohn und gehe in den Garten hinaus." Lischka tat, was seine Mutter ihm sagte.

Es war ein wolkenloser Frühlingsmorgen. Das Wasser des Flusses stieg bis zum Rande und umspülte die nackten Wurzeln des schwankenden Baumes. Lischka sah den stillen Himmel und das fließende Wasser, und er hatte das Gefühl, als ob das Glück auf der Erde vor ihm ausgebreitet liegt, wie das Lächeln auf einem Kinderantlitz. An jenem Morgen fand Lischka noch in seiner Rocktasche einen Melonenkern. Lischka dachte bei sich: „Ach, den pflanze ich noch schnell in meinen Garten ein."

Nach einiger Zeit, es war an einem Herbsttag. „Die Nächte sind schon sehr kalt hier draußen", meinte die Mutter und sah zum Fenster hinaus. Plötzlich machte sie eine Entdeckung. „Lischka", rief sie, „komm doch mal schnell her. Fällt dir in unserem Garten nichts auf?" Lischka: „Nein Mama, wo denn?" Schau mal, alle Melonen sind fast gleich im Gewicht, glaube ich, bis auf die eine da, die scheint mir eine ganz besondere zu sein, denn so eine große Melone haben wir noch nie in unserem Garten gehabt." Lischka nickte mit dem Kopf und ging hinaus in den Garten, denn es ließ ihm ohnehin keine Ruhe mehr, er musste diese übergroße Melone pflücken. Lischka trug nun die große Melone in die Küche, legte sie auf den Tisch und lachte vor Freude über das ganze Gesicht. Denn so eine große Frucht hatte er noch nie geerntet. Lischka sah seine Mutter an und sagte: „Was soll jetzt mit der Melone geschehen? Sollen wir sie auf dem Markt verkaufen, oder behalten wir sie?" Lischka sah seiner Mutter an, dass sie nicht so recht wusste, wie sie sich entscheiden sollte. Einmal spielte das Geld eine große Rolle, aber wiederum auch die Neugier, wie nun wohl diese herrliche große Melone schmecken würde. „Ach Mama", sagte er dann, „gib deinem Herzen doch einen Stoß und sag endlich ja." Die Mutter nickte dann doch schließlich mit dem Kopf, und Lischka nahm kurzerhand ein großes Messer, schnitt die Melone auf, und was denkt ihr wohl, was zu seinem Erstaunen in der Melone lag?

Ja, es war ein kleines Mädchen, ein ganz besonders schönes Kind. Lischka sah seine Mutter verzweifelt an: „Sag doch Mama, wie kommt denn so ein kleines süßes Wesen in so eine Melone?" „Ja, ja, es ist ein Geschenk des Himmels, mein Sohn. Weil ich mir schon immer ein Mädchen gewünscht habe, so glaube ich jetzt, dass ab und zu doch noch Wunder auf dieser Welt geschehen." Und mit diesen Worten nahm die Mutter ihr Wunschkind in die Arme und gab ihr den Namen Malona.

Sie zog es auf, und von Jahr zu Jahr wurde Malona immer schöner.

Die Jahre vergingen, und der schreckliche Machthaber regierte immer noch und brachte Krieg und Verzweiflung über seine Untertanen. In dieser schweren Zeit wurde jedoch Malona Lischkas Frau. Als sie so fröhlich und beglückt bei ihrer Hochzeitsfeier saßen, wusste das glückliche Paar noch nicht, dass der Machthaber dem fröhlichen Hochzeitstreiben bald ein Ende machte. Und so geschah es dann auch, dass er seine Soldaten zu Lischka schickte, und so wurde Lischka von den herzlosen Schergen gepackt und verschleppt. Weinend blieb Malona zurück, denn sie wurde von ihrem Mann getrennt, bevor sie richtig verheiratet war.

Malona weinte bittere Tränen: „Ach, lieber Gott, was hast Du bloß für Menschen geschaffen? Was haben wir denn getan, dass diese Unmenschen so mit uns umgehen?" Soldaten liefen an ihr vorbei, sie haben die Leute und das Vieh zusammengetrieben und fortgeschafft. Malona schaute zum Himmel, und sie sprach: „O Herr, ich frage Dich, ist dies denn wirklich Dein letzter Wille oder der Vorhof zu Hölle?"

Diese junge Frau scheute die Mühe nicht, den Soldaten heimlich zu folgen, denn Malona konnte von weitem alles beobachten, was mit ihrem Mann geschah. Sie sah, wie die bösen Schergen ein Grab aushoben, stellten Lischka davor, und ein Soldat rief: „Auf Befehl musst du sterben." Lischka fiel ins kühle Grab, und die Scherben deckten ihn mit Erde zu.

Als Malona sah, was ihrem Mann geschah, verlor sie für einen kurzen Augenblick die Besinnung. Als sie wieder zu Bewusstsein kam, lief sie so schnell wie sie konnte zu den Soldaten und bat diese, ob sie zum Abschied am Grabe ihres Mannes ein Vaterunser beten dürfe; die Soldaten nickten mit dem Kopf.

Malona näherte sich dem Grab, und wie ein leichter Schatten warf sie sich nieder und weinte hemmungslos. „Ach Liebster"; sagte sie, „wenn wir nun wirklich füreinander als Mann und Frau bestimmt waren, dann öffne dein Grab." Kaum hatte sie diese Bitte ausgesprochen, da öffnete sich das Grab, und Malona sprang blitzschnell hinein, und im gleichen Augenblick schloss sich das Grab hinter ihr zu. Man konnte nur noch von ihrem Kleid, was sie trug, zwei bunte Stoffspitzen sehen.

Als ein Scherge die Spitzen ihres Kleides schnell fassen wollte, verwandelten sich diese in zwei wunderschöne Schmetterlinge, die zusammen in den Himmel flogen. Als dies geschah, öffneten die Soldaten das Grab, und zu ihrem Erstaunen stellten sie fest, dass es leer war – und nur zwei Paar Schuhe darin lagen. Voller Empörung warfen sie die Schuhe auf den Weg. In diesem Moment verwandelten sie sich in tausend Rosen.

Und sie wehten von nun an jedem Wind zuliebe, ganz so wie die zwei bunten Schmetterlinge, die zum Himmel geflogen waren. Von der Zeit an blühen überall auf dieser Welt rote Rosen, die uns Menschen mit ihrem bizarren Duft erfreuen.

Herbstliche Impressionen

Meine Gedanken sind wie Blätter im Herbstwind

Es ist der dritte Sonntag im Oktober. Ein trüber Herbsttag. Ich fahre kurzentschlossen nach Altenberg. Der Regen rieselt jetzt nur noch leise herunter. Der Altenberger Dom, der im 12. Jahrhundert erbaut und erst 1380 vollendet wurde, ist rundum in eine dicke graue Wolke gehüllt, die sich träge und schwerfällig über den Dom entlang schiebt. Die Luft ist schwer, und man fühlt, es wird noch viel Regen niedergehen. Es ist kalt und grau, Nebelfetzen hängen in den Bäumen.

Der Dom ist ganz leer. Eine schaurige Dunkelheit umfängt mich, als ich aus dem Tageslicht hineintrete. Einsam fühle ich mich in dem weiten Gewölbe, worin eine feierliche Grabesstille herrscht.

Ich stelle mich in die Mitte des Domes und überlasse mich der ganzen Fülle dieses Eindrucks. Allmählich machen sich die großen

Verhältnisse des majestätischen Baues in meinen Augen bemerkbar, und ich verliere mich in einer ergötzenden Betrachtung. Die Glocke ertönt über mir, ihr Ton verhallt sanft in diesem Gewölbe wie in meiner Seele. Einige Altarstücke haben von weitem meine Aufmerksamkeit erweckt. Ich trete näher, um sie zu betrachten. Unversehens habe ich die ganze Seite der Kirche bis zum entgegengesetzten Ende durchwandert. Als ich in die kleine Kapelle zur Rechten hineingehe, höre ich ein leises Wispern, als ob jemand leise spricht. Ich drehe mich um, und zwei Schritte vor mir sehe ich eine Gestalt, die ich in diesem Augenblick kaum wahrnehmen kann.

Es war eine alte Frau. Sie bemerkt meine Gegenwart nicht. So ganz ist sie in ihre Andacht vertieft. All diese Bilder der Heiligen, dieser wunderschöne Altar, die brennenden Kerzen haben mich erinnert, dass ich in einem Heiligtum bin. Ich zünde Kerzen an und verlasse auf leisen Füßen die Kirche.

In Gedanken versunken fahre ich weiter. Ich nehme die Landstraße, die mich ab und zu durch den bunten Herbstwald führt. Sand und buntes Laub tanzen mir entgegen wie fröhliche Kinder. Mein Geist wird durch ihr Treiben wachgerüttelt, meine Gedanken möchten sich unter die Spielenden mischen. Und ich habe Glück, denn ein Lächeln der Sonne ergießt sich jetzt über die bergische Landschaft. Ich erreiche eine Lichtung und entdecke tief unten im Tal ein kleines Dorf, das umgeben ist von Wäldern und Wiesen. Ruhig grasen die Kühe vor der Kulisse des Waldes. Vor einer Woche noch war die Farbe der Wiese grün. Nun ja, auch der schönste Sommer will einmal Herbst und Welke spüren.

Ich gehe zu Fuß über eine kleine Wiese an einem Stück Wald vorbei. Mein Herz schlägt wie Musik von dem Duft der goldbraunen Blätter.

Die Sonne liegt über dem kleinen, weiß getünchten Dorf. In den Straßen liegt die Ruhe und die Sauberkeit. In unseren Tagen ist es eine Kostbarkeit, wenn der Sonnenstrahl bis auf den Straßengrund gelangt, eine Erstaunlichkeit, wenn sich dort ein Hund im warmen Scheine blinzelnd streckt, und ein Märchen, wenn ein Kätzlein die beneidenswerte Himmelsgnade auf seinen Pelz brennen lässt. So ein Kater, der sich sonnt, ist wie ein Symbol der guten alten Zeit.

Damals grüßten sich noch winkend die Bäume der Nachbargärten, und über die Mauer hingen reich die Äste des ungespritzten wundertätigen Obstes, welches eines ganzen Volkes Leben bestimmt.

Ich mache mir ein paar Notizen, und das wiesenreiche Bergische Land schaut mir dabei über die Schultern. Mich interessiert die Baulinie der kleinen Fachwerkhäuser. Die Häuschen liegen wie aus dem Ärmel des

146

Lieben Gottes geschüttelt. Die einen über Eck, die anderen scheu in die Gartenferne zurückweichend. Da und dort ein Gasthaus.

Ich schließe meine Augen und versetze mich in die gute alte Zeit zurück, wo die Wiese noch Königin war, und wo sich noch duftende Kräuter an den Händen hielten, wie ein Ringelreihen lachender Mädchen. Es war Bocksbart, violetter Salbei und sonnenfarbiger Löwenzahn, wilder Knoblauch, Sauerampfer und Schlüsselblumen. Sie wuchsen sorglos. Das Gras wehte jedem Wind zu Liebe ganz so wie die lachenden Kinder mit einem bunten Blumenstrauß, deren Herz vor Freude hüpfte und lachte.

Ich schlage die Augen wieder auf, und meine schöne Erinnerung ist zu Ende. Ich nehme Abschied von der Wiese und von den brennenden roten Buchenwäldern der bergischen Schweiz.

Weiteres Buch von Philomena
Franz, das „Zigeunermärchen",
ist im Europa Union Verlag
GmbH in Bonn erschienen.
78 Seiten mit vielen farbigen
Illustrationen.
ISBN 3-7713-0184-X